高长梅 王培静◎主编

相约名家·冰心奖获奖作家作品精选

# 海边有座红房子

相裕亭 著

九州出版社
JIUZHOUPRESS
全国百佳图书出版单位

图书在版编目（CIP）数据

海边有座红房子 / 相裕亭著. —— 北京：九州出版社，2013.5
（2024.4 重印）
（相约名家·冰心奖获奖作家作品精选 / 高长梅，王培静主编）
ISBN 978-7-5108-2090-8

Ⅰ.①海…　Ⅱ.①相…　Ⅲ.①短篇小说 – 小说集 – 中国
– 当代　Ⅳ.①I247.7

中国版本图书馆CIP数据核字（2013）第084969号

**海边有座红房子**

| | |
|---|---|
| 作　　者 | 相裕亭　著 |
| 出版发行 | 九州出版社 |
| 地　　址 | 北京市西城区阜外大街甲35号（100037） |
| 发行电话 | （010）68992190/3/5/6 |
| 网　　址 | www.jiuzhoupress.com |
| 电子信箱 | jiuzhou@jiuzhoupress.com |
| 印　　刷 | 三河市恒升印装有限公司 |
| 开　　本 | 710毫米×1000毫米　16开 |
| 印　　张 | 10 |
| 字　　数 | 144千字 |
| 版　　次 | 2013年5月第1版 |
| 印　　次 | 2024年4月第9次印刷 |
| 书　　号 | ISBN 978-7-5108-2090-8 |
| 定　　价 | 49.80元 |

# 出版说明

冰心是我国现代文学史上著名的作家,她的儿童文学作品和散文在中国文学史上占有重要位置。

这里所说的"冰心奖"包括"冰心儿童文学艺术奖"和"冰心散文奖"。

"冰心儿童文学艺术奖"创立于1990年。创立以来,它由最初的单一儿童图书奖,发展为包括图书、新作、艺术、作文四个奖项的综合性大奖,旨在鼓励儿童文学作品的创作出版,发现、培养新作者,支持和鼓励儿童艺术普及教育的发展。其中,"冰心儿童文学新作奖"与"宋庆龄儿童文学奖"、"陈伯吹儿童文学奖"、"全国儿童文学奖"并称国内四大儿童文学奖。

"冰心散文奖"是一项具有权威的全国性的散文大奖。冰心生前曾是中国散文学会名誉会长,"冰心散文奖"是遵照其生前遗愿而设立的,旨在彰显我国散文创作的成就,不断评选出题材广泛、思想敏锐、着力表现现实生活,创作形式风格多样的优秀散文。"冰心散文奖"是与"茅盾文学奖"、"鲁迅文学奖"并列的我国文学界散文类最高奖项,也是中国目前中国散文单项评奖的最高奖。

《相约名家·冰心奖获奖作家作品精选》共收录近年来荣获"冰心儿童文学艺术奖"和"冰心散文奖"的三十位作家的作品。这些作品无论是小说还是散文,或抒写人间大爱,或展现美丽风光,或揭示生活哲理,或写实社会万象,从不同角度给青少年读者以十分有益的启迪。

随着中小学课程改革的深入与发展,让中小学生多读书、读好书早已成为共识。我社推出本套大型丛书,希冀为提升中国的基础教育、为青少年的健康成长尽一份力。

九州出版社

CONTENTS

目录

CONTENTS

目录

第一辑

Bie Le Yang Er Wa

别了，羊儿洼

# 羊儿洼油田纪事

## 丢床

刚出校门，没有理由不到偏僻的羊儿洼油田去实习。

那里，是石油部下属的下属，一个基层得不能再基层的采油小队。队长姓韩，二十八九岁，瘦高个儿，很黑。刚来几天，我就发现队上的人都怕他、恨他。但他对我却十分友好，他让我喊他老韩，别什么队长不队长的。我到队上报到的那天午后，他当着我的面，把保管员叫到队部落实我的生活起居问题："大学生的床，领来没有？"

"领来了。"

"领来了就发给他。"

保管员背着个画了眉眼、抹着口红、脑门上还点着红点儿的小闺女，上一眼下一眼地直盯我。后来我知道她是队长的爱人，全队上最漂亮的女人。

当天，那个女人领我去库房领来一张钢架结构的新床，随手可拆、可安装起来的那种，唯有床板是个整面的，如同一个大大的擀面板似的，怪平整。但我没用。

队上有个职工请探亲假刚走，韩队长安排我暂时先住在他的床上，答应过几天给我腾个单间，便于我看书。

说是单间，无非是和大伙一个样的板房，中间用砖头挡了挡，没用！隔眼不隔耳，这边打喷嚏，那边保准会吓得一哆嗦！房梁上方，一块糊不住、隔不开的大三角空间，那便是"无线电话"穿梭来往的大通道。

油田会战初期的房子全是那样。

"开会啦——！"

搁下饭碗，队上的职工正为无事可做而犯愁呢！韩队长不知站在谁的房间里大喊了一声，"无线电话"立刻传遍全队每一个角落。

大家集中在队部。男的女的分堆坐着，戳戳打打、嘻嘻哈哈地故意拥挤一气儿。

"不要讲话了。"

韩队长敲着桌子，故意拿眼睛瞪大家。待屋子里静得一点动静都没有了，他反而低头不讲了，很认真地翻起桌上的日记本。

下边，立刻又有人叽叽咕咕。

韩队长假装没听见，抬头看我一眼，说："开会前，先把来我们队实习的大学生介绍一下。"

接下来，他把我"人才"呀、"栋梁"的着实夸了一气。一时间，我的脸被他说得通红。但心里面被云里雾里"高抬"一番，确实还挺舒服。真怪！

随后，韩队长把日记本翻一页，又翻一页，刚要谈"正题"。突然，门外有人喊他："韩队长？"大伙抬头望去，是食堂的炊事员。

韩队长往门外瞅一眼，仍旧转过脸看日记本。炊事员站近门旁，又叫他："韩队长，来人啦！"

"谁？"

"羊儿洼的。"

"哪个？"

"村长。"

韩队长一拧头，把小本儿合上，起身出去了。

以往，遇到这种情况，由指导员继续主持开会。眼下，队上没有指导员。

原来的指导员和韩队长不和,被韩队长给挤走了。

韩队长走到门口,屋子里顿时骚动起来,不知是谁还小声地骂了一句:"羊儿洼的村长最不是东西。"韩队长听到了,转过脸来瞪了一眼,没有言语,合门出去了。

队上大多数油井、水井,都打在羊儿洼村的田地里。油田和地方的关系一向是紧张的。话说回来,不紧张就不正常了。翻来覆去就那么点土地,一个要挖沟铺管子采油,一个要春种秋收地打粮食。油区《战报》上,三天两头报道:某某采油队的"送班车"被拦,"油路"被断,什么什么东西被老百姓一哄而抢。但这类事情在羊儿洼,还没有发生过。韩队长和村里的关系相处得不错,羊儿洼村的老百姓很少给油田添乱子。为此,韩队长年年都是"工农共建"的先进。

送走了羊儿洼的村长,继续开会。

会后,韩队长把我留下,跟我商议,让我上几个月的"小班"(倒三班)。采油队上最苦、最累的就是倒三班了。尽管我连连点头说行。韩队长还是向我做了解释,说这是厂部组织科统一安排的,云云。

接下来,我与队上的职工一样,每天白班、夜班地忙活起来了。

这天夜里,我们宿舍都上夜班。我半夜回来时,发现门被撬。开灯查看,只盗走了我竖在门后的那张新床。

"老韩!老韩!韩队长!"我高一声,低一声地敲队长家的门,急着汇报这一情况。

"什么事?"韩队长好半天才把房门拉开一道窄窄的缝。

"我的床瞎了!"

"什么床瞎了?"

他听不懂我说的苏北方言。我改口说:"我的床丢了!"

"床丢了?"

这一回,他听懂了。问我:"怎么丢的?"

"门被撬。"

"门被撬了？"

我没有回话。

"还丢了什么？"

"别的没丢。"

"别的没丢就睡觉，明天再说。"说完，他合上门，又睡觉去了。

转天，住我们左右隔壁的隔壁都遭到审问。

一张桌子，两把椅子。我和韩队长两边坐着。唤来一个，让他像坏人一样，冲我们俩站好。

"昨天夜里，你听到有人撬门吗？"韩队长冷板着面孔问。

回答："没有！"

"真的没有？"

韩队长一拍桌子。但，对方并不害怕，更为干脆地回答：

"真的没有！"

韩队长摆摆手，示意：没有就下去。

接下来，又唤第二个，第三个……结果，都是一样的。韩队长冲我轻敲着桌边，自言自语地说："手段，还挺高明类！"

我没言语，只想到自己床被偷了，窝囊人不说，过几天，那个探亲的职工回来了，我睡哪儿呀！

韩队长也很为我作难，可他沉思了一会儿，忽而长叹一声，说："这样吧，你写个被盗的经过，队上给你开个证明，让保管员到厂部给你找找人，看看能不能再给你发一张新床。"说到这，他点上一支烟，挺有信心地说："总不能叫你睡光地吧！"

我想也是这个理儿。当天，我就写了被盗经过。叫好，第二天，保管员果然给我领来一张新床。

这以后，我便老老实实地睡在我自个的床上了，以防再次把床弄丢了。可时隔不久，厂部组织科就来文要调我回厂部了。我的实习期原计划是在基层锻炼一年，可那时间，我刚到羊儿洼才四个多月。我感到很意外！

韩队长却说,这是他预料之中的。

启程的前一天晚上,韩队长领我到羊儿洼村长家喝酒。他没说是为我辞行,但我心里很明白。以往,遇到类似的情况,韩队长总是安排在村里。这样队上没有什么影响。

酒桌上,大家都端起酒杯敬我。我不胜酒力,几杯酒下肚后,就感到头有些晕,想躺躺。村长看我酒量真不行,就扶我到里屋小床上休息。可我怎么也没想到,村长家的这张小床,竟和我丢失的那张床一模一样。

晚上,回来的路上,我一句话也不想讲。韩队长拍拍我,说:"以后,到了厂部,你这点酒量可不行。"

我没有吭声。

韩队长问我:"醉啦?"

我点点头,说:"醉了!"

其实,此刻,我很清醒。


## 小冯姑娘


刚到羊儿洼油田的那些个夜晚,只要一闭上眼睛,学院里的课堂、操场、还有学生宿舍里那些打打闹闹的场景,就展现在眼前。不应该到这偏僻的羊儿洼来!我不止一次地咬着嘴唇怨恨自己。

"是羊儿洼这地方不好,还是我老韩什么地方做得不对?"韩队长半开玩笑,半是嗔怪地问我。

我摇摇头,莫名其妙地说:"这里太闹了!"我们宿舍里住着七八个"倒三班"的人,每天不分昼夜地人来人往。

韩队长拍我肩膀,说:"嗨!这事情你怎么不早说?"

韩队长是小小羊儿洼油田的当家人,队上的职工没有一个不怕他、恨他、骂他。但谁都离不开他。他深知我在羊儿洼的实习期不会太长。往年

来实习的学生，全都一个个厂里、局里地调走了。有的还当上了不大不小的官儿。

转天，也就是韩队长跟我谈话后的第二天。他把我从"大集体"里抽出来，住进队部库房旁边的一个单间里。这下可清静了！

同样是一色的隔眼不隔耳的木板房。可隔墙的西面是三间空荡荡的库房，饿极了眼的耗子们，大白天都在里边追杀惨叫！隔墙的东面，虽说住着队上的资料员小冯姑娘。可她整天整天地不在屋里。据说，过去那房子里还住着韩队长的爱人，人家结婚走了，就剩下小冯姑娘一个人。

小冯姑娘个子不高，胖胖的，走道儿唱着歌儿，手里还晃动着一串铜的、铝的钥匙，"哗铃！哗铃！"配着歌儿摇呀摇。看上去和中学生没什么两样。她每天的工作，就是把全队各井、站上送来的产油、产气、注水量的数字汇总起来。抄一份给大队好再汇报，抄一份给韩队长晚上开会时好专门批评人。剩下的事情，就是分分报纸、送信、听电话，实在没事情可干了，她就把队部的那台一打开就"滋啦啦"乱响乱跳的破黑白电视打开，白天看，晚上看，总也看不够。

小冯姑娘每天在屋里的时间，除去三顿饭她"哗铃！"着钥匙，哼着"泉水叮咚！"或是什么更好听的歌儿回来拿碗，再也听不到她的任何响动。

有几回，我闷在屋里看书看腻了，听她"哗铃！哗铃！"配着歌儿走来，真想放下手中的书本，同她搭搭话儿。可她每回都是挺着高高的小胸脯，趾高气扬地打我门前走过。瞅都不瞅我一眼。

这日黄昏，落雨。

我独自坐在窗前，凝视着窗外的"沙沙"飘落的雨丝，不由自主地又想学院里那些窗下读书的事儿，顿时又浮起了一股骚动的心潮。恰在这时，门外突然响起一串"扑嚓扑嚓"的踩水声。小冯姑娘回来了！

刹那间，我没等她把房门打开，就隔墙大声地问过话去：

"几点啦？小冯。"

我这样问她，她好像知道我要干什么似的，我听她一边抖着雨衣上的雨水，一边大声地告诉我：

"还差 10 分钟。"

指开饭时间。

"给我带两个馒头好吗？我没有雨衣。"我从桌前站起来，面对着隔墙问她。

她脆生生地回答我两个字："好的！"

…………

转天，又是开饭时间，她便主动隔墙呼唤我：

"大学生，开饭喽！"

我坐在桌前，好像一直在等待这个声音。但我听到她第一声呼唤时，并没有立刻答应。这时刻，她便会再喊一声："开饭喽，大学生！"

这时刻，我多数是拿起碗同她一道儿走。有时，我懒省事，拿着饭票门口堵住她：

"给我带两个馒头？"

"谁给你带两个馒头！？"

她这样说着，冲我一噘嘴儿，做个鬼脸，那只白白胖胖的小手，如同小燕子捉食似的，一下子把我手中的饭票捉去。

回头来，她不但给我带来两个馒头，还用她那小巧的饭盒盖儿，给我带来一份我爱吃的菜。

日子久了，我们彼此更加熟悉起来。有时，她从队部回来路过我门口，看我正在埋头看书，便轻轻地猫着腰，绕到我身后，猛一跺脚，脆脆生生地大喊一声："嗨！"故意吓我一跳。常常是逗得我笑，她也笑。

这天正午，日照极好。

我把书一本一本摆在门前的台阶上晒。屋子里潮湿，床底装书的纸箱底儿都烂了。

小冯姑娘午睡醒来，开门一看，轻"啊"了一声。然后跑过来，小手

不停地翻这本、看那本。问我："化学就是《化学》,怎么还《有机化学》《无机化学》、《油田化学》呢？"

我冲她笑,算是回答了她。

哪知,这一来把她给伤着了。她说我瞧不起人,故意嘲笑她。"啪！"的一声,将手中的书扔下就走。

我忙拦住她解释,直说到她"烟消云散",才换了个话题。问她：

"你高中毕业？"

她摇摇头。

"初中？"

她点点头。

"还想学习吗？"

她点点头,又摇摇头。问我：

"学有什么用？"

我跟她讲了很多学习的好处,并告诉她："把初中、高中的课本温习一下,将来可参加成人考试什么的。"

她问我："能吗？"

我说："能！"

她半信半疑,问我："怎样才能学好？"

我说："慢慢来,先从基本的知识学起。"

她看我一眼,问我："你教我？"

我说："行呀！"并告诉她："要想学习,以后得少看电视！"

她轻咬着嘴唇,挺有信心地说："行！"

打这以后,她真的不看电视了。只要我不上夜班,她几乎每天晚上都到我屋里来。开始,我认为她是一时的情趣,没想到,她问了这题,问那题;我教了她初中的;她还问高中的。

这天晚饭后,停电。

我们蹲在门口的月亮地里说了一会儿话。我提议："咱们到房后的河堤上走走？"

小冯姑娘欣然同意，说："好！反正停电也不好学习了。"

我们穿过河堤上一片幽幽的树丛，沿河边的溪水往上游走。其间，我提议："小冯，你唱支歌吧？"

她问我："唱什么？"

我说："随便。"

略顿一会儿，她理了理思绪，便这样开口了：

一条大河波浪宽，

风吹稻花香两岸；

…………

我笑了，说："唱得真好！"

她一噘嘴，说："去你的吧！"

我说："确实唱得不错。再唱一支好吗？"

她脖子一昂，又唱了起来。这一回，她唱得情意绵绵：

大路上走来人一个，

一对儿毛眼望哥哥；

你若是我的那个哥哥哟——

招一招你的那个手；

你若不是我的那个哥哥哟——

走你的那个路！

接下来，我给她讲了两个小故事，还给她背了一首普希金的爱情诗《赠娜塔利亚》。

她不知在用心听我的话，还是在思考什么问题，低着头一声不吭地走在我的身旁。

月亮升至半空的时候，我们沿着溪水往下游走。

那是一轮很圆的月儿，溶溶的月光，洒在欢呼跳跃着的溪水里，闪动着一片莹莹明媚的光。我们踩着溪边的月光，一路慢慢地走着，快到我们原路下坡的地方时，她突然停下脚步，压低了嗓音唤我：

"大学生！"

我一愣！感觉她的声音有些异样，忙问她：

"小冯？"

月光下，她闪动着一双美丽的大眼睛，静静地看着我。

我又问她：

"小冯，你怎么了？"

一语未了，她猛地扑到我的怀里，头顶着我的下额，轻轻地晃动着说：

"你，你知道的东西真多！"

我慌了，顿时，不知所措。只觉得她呼吸的热气在我的颈间急促地滤着。似一泓灼人的热浪，猛烈地撞击着我的心房。我似乎意识到什么。猛推了她一把，唤道：

"小冯！"

可能是我用力过大，或是她本身就没有站稳。我用力推她之后，她连退了两三步，差点倒在一旁淙淙流淌着的溪水里。我的心随之一揪！可她，还是吃力地站住了。

"你！"她紧咬着嘴唇，大为吃惊地瞪着我。而后，二话没讲，转身爬上河堤。独自向前头跑去。

"小冯！小冯！"

我在后面追着，连喊两声，她睬都没睬我。

当晚，我回去时，她已经关门躺下了。半夜里，我听到她还在呜呜地哭。

她说我表面上看，是个文质彬彬的大学生。其实，内心坏透了，竟然想到那　层。

我纳闷，不知如何向她解释。

我到羊儿洼将近三个月，工人们一向像自家亲人一样待我。尤其是小冯姑娘，与我熟识以后，待我像亲哥哥一样，给我带饭、洗碗，有时，还悄悄地把我床上的单子和我脱下的衣服拿去洗了。

我深知小冯姑娘那小小的心灵是透明的、干净的。可她在河堤上与我相依相拥的那一时刻，我又该怎样才是呢？

　　此后的几天里，小冯姑娘总是躲着我。有几回，我碰见她故意找她说话，问她学习的事。她不是假装没听见躲过去，就是说没空，要么说不学了。

　　为此，我很难过。

　　这天夜里，也就是我接到调令，要离开羊儿洼的前一天深夜。我思考再三，还是唤醒了她。我隔着墙，猛不丁喊她："小冯！"

　　她冷冷地隔墙问过话来："什么事？深更半夜的。"

　　我说："我要走了。"

　　隔墙两边，顿时一阵沉默。

　　突然，她反过来问我：

　　"要走了？"

　　我说："是的，我要离开羊儿洼了。"

　　隔墙两边，又是一阵沉默。

　　随后，她拽亮灯。

　　我看见灯亮，隔墙说："睡吧，你知道就行。"

　　她没听我的话。过了一会儿，她拉开了房门。待我也拉开门时，她正披着棉衣站在我的门前。

　　她问我："不是说实习一年吗？"

　　我说："谁说不是呢？"

　　"那你为什么现在就要走？是不是因为俺？"说着，她鼻子一酸，泪水扑扑扑地滚下来。

　　我连连解释是组织上统一调配。可她还是不停地抹泪。

　　我说："别哭了，外面冷，进屋坐会儿吧。"

　　她紧咬着嘴唇，冲我直摇头。想必，有了上次河边那码事情，她不会进我屋里了。我换了一个话题，对她说：

　　"以后，你还要好好学习。"

她点点头。

"遇到问题，可到厂部找我。"

她点点头，又摇摇头。问我：

"你何时走？"

我说："后天。"

…………

可巧，这天后半夜，羊儿洼落下了入冬以来的第一场大雪。

小冯姑娘没等到天亮，便冒着纷纷扬扬的大雪，步行到十几里外一个叫曹家务的小镇上，专程为我买来一个日记本，扉页上，端端正正地写道：

好男儿志在四方。

转年夏天，听羊儿洼来厂部办事的人讲：小冯姑娘考上了局里的职工学校；可韩队长说：队上人手紧，死活没放她走。

## 夹砖

旷野夜来迟。

我和路师傅早已经望到远处村庄里忽明忽暗的灯火了，照样还可以坐在油井房顶上，他石子、我瓦块地下棋。

本来，我是不会那种"石子棋"的，可路师傅硬是手把手地把我给教会了。路师傅说："不下棋，又干什么呢？"

事实上，不下棋更无事可干。我们那座井站远离村庄、远离城镇，孤零零的一座采油房，抛在漫无边际的荒野里，如同浩瀚的大海里漂浮的一叶小舟。每天，除了交接班时来人说几句话，再没有什么可谈的啦。我问路师傅："我没来之前，你一个人，怎么打发这漫长的'八小时'？"

路师傅很不自然地冲我笑笑，说："都习惯啦！"

可我来了以后，怎么也不习惯。我一个人坐在那小小的油井房里看书看腻了，很想找路师傅说说话儿。可一直在门外闲转悠的路师傅，巴不得我能跟他聊聊。路师傅问我大学里的事儿，还问我家里情况。等把一切都说完了，还剩下好多时光无法排遣。我们在路边比赛踹大树，看谁一脚踹在树干上，落下的枯叶多；我们比赛找星星，也就是太阳要落山的那一刻，看谁先发现天空中的第一颗星星。后来，说不清是哪一天，我跟路师傅学会了下"棋"，就是那种在地上画方块的石子棋。白天下、晚上下，下得多了，自然觉得乏味了。

忽一日，队部的"小四轮"送来一车红砖头，搞什么建设，我们不知道，我和路师傅只觉得那堆红砖，为我们小院平添了几多生机。

开始，我和路师傅都围着那堆砖挑毛病，他指给我哪块没有烧透，有青斑；我告诉他，哪块砖是次品，撑腰凹肚。后来，路师傅不知怎么想起来跟我比赛夹砖头。他伸出右手，用两根指头，夹起一块砖问我："你行吗？"

我学着他的样子，也夹起一块。

他看我夹起一块，他便用三个指头夹起两块，挑衅性地对我说："来呀！"你再来呀。"

我不甘示弱，伸出三个指头，照样把两块砖头夹起来。

这一来，路师傅，从三块增加到四块……直至，张开五指，夹起五块砖头在院子里正步走时，我才意识到确实有些难度了，但我想跟他比试比试。我学着他的办法，先把五块砖在地上竖成五角星状，而后，将五指深深地插进空当，慢慢地用劲收拢，待五块砖同时离地，遂起身"学步"。

孰料，就在我咬紧牙关，挺直腰板，正要迈步的瞬间，五块砖"唰"地一下，同时落地。

当下，我五指间皮肉划开，鲜血淋漓。

路师傅见状，当场愣了，好半天，才过来看我。

路师傅抓过我的胳膊，好像是自言自语地说："你这手，太嫩了！让我看看。"

我猛转下身子，没让他看。

海边有座红房子

路师傅说："疼不？"

我紧咬着牙根，没有说话。

路师傅说："疼得厉害不？"

我低着头，甩着血，仍旧没有说话。

路师傅见我不搭理他，愣愣地看了一会儿，不声不响地回屋里去了。

回头，也就是我甩干手上的血，去屋里找水洗手时，路师傅正握着一支没有帽的圆柱笔，在一张破纸上乱画，见我进屋，也没同我说话。

我只顾手疼，也没同他说话。

这以后，路师傅再不和我夹砖，也不和我比"找星星"、下"棋"了。没事，就让我一个人在屋里看书，他一个人出去溜达着玩。

有几回，我很想同他一起出去玩玩，他总是爱理不理的，要么，就冷不地"训"我一句："你别跟着我！"云云。

总之，自从"夹砖事件"后，路师傅和我的关系明显地"疏远"了。但我知道，路师那是在自责，同时，他也在默默地爱着我。他知道我是实习的大学生，将来要在油田做更重要的事情！


## 睡班

头一回上夜班，熬到天放亮的时候，我实在支不住了。我对带班的路师傅说：

"我得睡一会儿，路师傅？"

路师傅没有我大，可他看上去挺老成。油田上就这样，别管大小，只要他比你早参加工作一天，他就是你的师傅。我提到要睡觉，路师傅也受感染，冲我直打哈欠，说："你睡！"

我问他："你不睡？"

他说："我不睡。"

后来，我跟他又说了什么，不记得了。我趴在桌子上睡了！

醒来一看表，七点五十了。路师傅不在值班室，院子里也没有。接班的马上就要来了，报表、记录什么的都没写，卫生还要打扫。

"路师傅？"

我站在院子里大喊了一声，没有人答应。又喊一声，还是没有人答应。

这时刻，我想起计量间。

计量间是我们上班要观察的工作间。里面上上下下前前后后左左右右都是管子，管子上尽是大大小小的各式仪表，仪表上反映出的数字，标明此时此刻每一口油井、水井的实际生产情况。每隔半小时要巡回记录一次。可实际上，一个班能检查一次就不错了，都是"死"数字，大差不厘地抄抄了事。当然，这事不能让当官的发现了，一旦被查到谁在报表上"造假"，轻者大会批评，重则开除公职。韩队长曾经在会上专门分析过这个问题。韩队长说，如果大家所填的每一口油井、水井的数字都是假的，那我们小队、大队，一直到石油部、国务院报出的数字都是假的。想想这问题多么严重吧！可采油工不管那些，抄！编，那多省事，又不用动脑筋计算，又可以美美地"睡班"。

"路师傅？"我一把推开计量间的门，路师傅正在门后揉眼睛。我说："你也睡着了，路师傅？"

路师傅一惊！很生气地说："我哪睡觉，我不是在看仪表吗？"

说着，他眼睛直往仪表上盯。

我心想，这路师傅可真够积极的，有事没事尽守着仪表。难怪韩队长大会小会的总表扬他。要不，怎么会安排我跟他实习呢。

转天，又夜班。我已不再为夜班而新鲜。接班后，趴在桌上就呼天抢地地睡着了。天亮醒来，路师傅又在计量间里看仪表。我有些不好意思，忙帮着扫卫生，填写报表。

晚上，队上又开会。会后，韩队长把路师傅留下。

回头，我都睡下了，路师傅又把我叫到房后的大柳树底下，歪着头质问

我："你跟韩队长怎么汇报的？"

"什么怎么汇报的？"我很吃惊。

"不要嘴硬！"路师傅说这话的时候，还咬着牙根儿。怪吓人的！

我心平气和地说："路师傅，你不要生气，有什么事情？慢慢说好不好？"可路师傅仍旧很生气地歪着头。问我："你什么时候，看见我在计量间里睡觉的？"

"没有呀！"我说："你不是一直都在守着仪表吗？"

路师傅牙疼似的吸了一口凉气，把本来歪着的头，又歪到另一边去。突然，他指着我，问：

"你今天都干了些什么？"

我一五一十地回忆说："上午去羊儿洼赶集；中午把昨天脱下的衣服洗了洗；下午和资料室的小冯在队部门前打羽毛球。"

"韩队长看见了吗？"

"看见的，在集上我还和他打过招呼呢！"

路师傅叹一口气，说：

"问题就出在这里！"

"什么问题出在这里？"

一时间，我很纳闷。

路师傅指着我说："你下了大夜班，又赶集、又打羽毛球，一天不睡觉？"

我说："我不困呀！"

"我知道你不困！"路师傅说着，牙根一咬，说："韩队长看破你啦！"

"看破我了？"我小声重复着路师傅的话，问："看破我什么了？"

"看破你上班睡觉了。"

路师傅说着，"嚓"一声划亮一根火柴，点上一支烟，靠树根蹲下，拐过脸，半天没有搭理我。

"你上了一夜的班，回来还挺精神，这不是明摆着告诉人家你'睡班'吗？"路师傅深吐着烟雾训我。

当下,我意识到问题的严重性,刚来上班几天,就背上了"睡班"的"黑锅"。别说给韩队长的印象不好了,上头知道了,将来定级转正都是个问题。再说,路师傅一直受韩队长表扬,今晚,为我"睡班"被剋了一顿。想到这些,我心里很不是滋味,我跟路师傅说:"路师傅,这事都怨我。"

我的话还没有说完,路师傅噌地站起来,说:"什么呀! 你是实习的学生,碍你屁事! 关键是我。"

我很奇怪! "睡班"的是我,怎么问题的关键又是他呢?

路师傅不想再往下说了,冲我摆摆手。示意,算了,你回去睡觉吧。

当夜,我几乎没有合眼,越想,心里越不是滋味。

第二天,午饭后,韩队长一手拎一个铁桶出来打水,我硬着头皮走到水龙头跟前,想承认自己"睡班"的错误,再一个想为路师傅解脱解脱。

哪知,韩队长没等我把话说完,就说:"你没有什么,刚上夜班,没有不睡觉的。关键是那个路金龙(路师傅),他上班睡大觉,下班还躺在床上装瞇瞇,太狡猾了! "

直到这时,我才知道,路师傅被韩队长诈出来:他在计量间不是看仪表,是睡大觉。他倚在门上站着睡,谁一推门他就醒了。所以,队上历来查岗,他都在认真地"观察仪表"。因此,总是受表扬,年年都是先进生产者。

这年年底,也就是上头来文调我回厂部工作时,路师傅在一天夜里把我叫到房后的大柳树底下对我说:

"你到了厂部,想法子帮帮我,给我换个单位吧。"

听他这话,我半天无语。

我知道,自打那次"睡班"事件后,尽管路师傅再也不睡班了,可韩队长就是不正眼看他了。大会小会上,想起来就指桑骂槐地臭他。

遗憾的是,我到厂部工作的几年中,一直没有能力把路师傅调出韩队长的管辖范围。

海边有座红房子

## 护井员

那是个有雨的早晨。队上职工正集中在队部开早会，有人从会议室外面，把门推开一道窄窄的缝，轻唤一声："韩队长。"随手又把门合上了。

韩队长没看清是谁。

可屋里好多职工都看到了，是个戴瓜皮帽的乡下老头。

韩队长往门口瞥了一眼，没见有什么动静，便问屋里的人：

"谁呀？"

一语末了，那人又把门推开一点，闪了一下自己脸。想必，他在门外听到韩队长的问话了。

这一来，韩队长看到了，是羊儿洼村的曹四。韩队长知道他是来干什么的，韩队长冲他一挥手，说："你先等一下。"随后，又继续开会。

那阵子，那老头常来。

原因是羊儿洼西河套有一口油井不出油了。韩队长把正常上班的职工撤回来，计划找个老弱病残的职工或是村里的老乡什么的看护井上的设备。由于"计划"没有及时落实，井上有些零碎的部件被人偷了。那曹四还算是关心爱护油田的，每回井上少了什么，只要是他知道的，都要来跟韩队长说说。韩队长很感激他，尤其是头一回来报告井上东西被人偷去时，韩队长特意让食堂炒了几个盘子，陪他喝了一场。韩队长在酒桌上拍着曹四肩膀，说："老曹呀，那口井你还要多给照看点。"

曹四嘿嘿乐着，说："公家财产，人人有责嘛。"

韩队长叮嘱他，眼下队上人手少，还请他老曹多上上"眼睛"。

那曹四冲着酒劲，直拍胸脯："这个没啥，这个没啥！"

韩队长说："只要你把井上的设备给我看好了，我不会亏待你。"

曹四保证："没问题。"

可事实上,问题很大,那井上的设备三天两头遭人盗窃。韩队长曾当场训过前来"报告"的曹四:"我叫你看好了,为什么井上东西又少了啦?"

那曹四有苦难言。他跟韩队长说,家里还有好几亩地需要耕种,哪能像你们公家人,拿着固定的工资。言外之意,若每月能给他一点"工资",他就能看好那口井上的设备。

韩队长嘴上说:"这个问题我正在考虑。"可事实上,他压根儿就没有考虑在村里找个护井员。原因是多一个人,就要多付一份工资。

曹四不了解韩队长的心思,他认为韩队长的"正在考虑"是对他的考验。所以,表现得格外积极,几乎是每天都来报告井上的新情况。

就说我们正在开会的那天早晨,天还下着小雨,他竟然步行十几里路,来找韩队长。韩队长一见到他,就猜到夜里井上又遭盗了。可韩队长不想听了,继续开他的会。

回头,也就是好多职工从队部相拥相挤地跑出来,去争抢送班车的驾驶室时,那曹四正蹲对面的屋檐下"吧嗒"着旱烟袋,直到韩队长最后一个从队部出来,他才凑过来,说:"韩队长,今夜,井上的东西又少了。"

韩队长挟着文件夹,脸色阴沉着,半天没有说话。

曹四在韩队长面前,好像是自言自语地说:"照这样下去可不行!"

韩队长冷不丁地问他一句:"今夜都少了什么?"

那曹四掰着指头,说:"两个手轮、三根三角带,还有一只200瓦的大灯泡。"

韩队长说:"就这些吗?"

曹四点点头,说:"别的,还没有发现。"但他预测,若不及时派护井员,就怕别的设备也很难保住。

韩队长紧皱着眉头,瞪了他曹四一眼,想骂他一句"没用的东西!"可话到嘴边了,又咽回去,他告诉曹四:"你回去继续给看着吧!"说完,又叮嘱他,有什么新情况,再来及时报告。

曹四嘴上说:"好!"可他心里并不满意。他觉得韩队长应该果断地派他去做护井员才是理儿,否则,那井上再少了东西怎么办?

海边有座红房子

当晚，也就是曹四来汇报最新情况的那天晚上，韩队长悄悄地组织四五个人潜伏在那口井上。

不到半夜，那盗井贼就被押到队部。

听到喊声的韩队长，一骨碌从床上爬起来，见那窃贼就是整天来汇报"新情况"的曹四。二话没说，飞起一脚，正踢在他的胯下。那曹四惨叫一声，双手捂住裆部跪在地上。

韩队长抬脚踩住他脖子，恶狠狠地说："我就猜到是你这个老东西干的！"随即，大呼一声："把他送到派出所去。"

那曹四一听要送他去派出所，哭叫声戛然而止，硬撑着从地上爬起来，苦苦哀求韩队长给他一条出路。

韩队长没好气地训斥说："你还要什么出路，坐牢去吧！"

那曹四"扑通"一下跪在地上，磕头如捣蒜，一再哀求韩队长高抬贵手，放他一马。

韩队长声音拖得长长地说："好呀，放你一马，可你得答应我一个条件。"

事实上，韩队长也没打算送他去派出所。韩队长还想利用他哩！韩队长跟他说，这样吧，今天我就不送你去派出所了，但是你必须答应我两件事情：一是把井上丢失的东西，统统给我找回来；二是从今以后，那井上再少一颗螺丝，我都找你算账。

曹四满口答应，并千恩万谢韩队长。

果然，从此以后，那井上再没丢任何东西。

据说，曹四昼夜守候在井上。


## 断路

羊儿洼油田后边，有一块空地儿，队上计划建个排球场。由于计划一直不能落实，那片空地儿被羊儿洼村里的曹福老汉插上篱笆墙，培育出一垄垄绿莹莹的蒜苗儿。

这天早晨，韩队长正在给职工开早会。曹福老汉穿一件油乎乎的破棉袄，背个大粪筐，骂骂咧咧地来了，说有人偷了他的蒜苗。

韩队长说："不会吧，队上有食堂，没人开小灶。"

曹福老汉气狠狠地说："这事，就你手下的人干的。"

韩队长还想推脱。可曹福老汉亮出"证据"，说是在二狗门前捡到的蒜苗儿。

韩队长无话可说，找来二狗当面臭骂了一通，还逼他给曹福老汉掏了五元钱。

二狗不太情愿，他心里很窝气。

回头，曹福老汉走了。韩队长点派二狗："今天晚上，你把那老头的蒜苗、篱笆，统统给我铲了！有官司，我去跟他打。"说完，韩队长还自言自语地说："两棵烂蒜苗，还他妈的当真格的了。"

二狗没想到韩队长还有这么解恨的一招。高兴得一跳三尺高！"叭，叭！"甩了两个指响。巴不得天快黑下来。

第二天，曹福老汉的蒜苗果然惨不忍睹。他又来找韩队长。

韩队长假装还没睡醒的样子，堵在门口皱着眉头，吼道："你这老人家，一大早，又来蒜苗蒜苗，蒜苗的事，昨天我不是给你处理好了吗，你怎么又来了。你还有完没有完了？嗯？"

随后，韩队长不问青红皂白，将他"去去去！"地轰出门外。

曹福老汉哪能吃他这一套。气恨恨地找来铁锹，使出了庄稼人对付石油工人的绝招——断路。

说是断路，就是挖几锹土扔在路中间做个样子。自己村里的马车、驴车、拖拉机什么的照走不误。但等你石油上的车子来了给你挡下来，越有急事的车越挡住不让通过，逼你答应他的"条件"。

石油上，有钱买地安营扎寨；却不能花钱买路四通八达。某种程度上害怕当地群众闹事。

二狗将事态的恶化程度及时汇报给韩队长。

韩队长嘴上说："好！"心里边却打起了小锣鼓。

这"油路"一断，送班车就开不出去，工人上不了班，原油产量将会受到直接影响，若是让厂部知道了，还关系到"工农共建"问题。那曹福老汉正是抓住这一点把柄，给你韩队长出难题。

哪知，韩队长不吃他这一套。韩队长跟二狗说："你去把各井站上班长给我找来！"

各井站长，都是队上的中层干部。

二狗很快把各井站长叫来了。韩队长开门见山地鼓动说："昨天，二狗拔了曹福几棵烂蒜苗，我让二狗赔了五元钱，大伙也都当场看到了。可那老头反悔了！看样子一夜醒来，感觉二狗赔他五元钱太少！一大早又来砸我的房门，喊呼蒜苗蒜苗！我没有理他，他就把我们的油路断了。"至于，夜里的"二狗行动"，他只字没提。

这时刻，韩队长点一支烟，问大家："你们看看怎么办？"

各井站长听出曹福是在"敲竹杠"，都很气愤！

韩队长说："这事情，我们不能太迁就了，若让他尝到断路的甜头，以后动不动就来这一手，那可麻烦了。"

各井站长都很赞成韩队长的看法，巴不能韩队长一声令下，把那老头，推进路边的臭水沟里。

韩队长话题一转，问大家："现在我们的送班车开不出去怎么办？难道还要关井停机吗？"

各井站长一时还真想不出什么好的主意来。

韩队长拳头往桌上一擂，说："我们不能栽在这老头手里，我们除了送班车，不是还有摩托车、自行车和两条腿吗？"

各井站长好像也在议论韩队长说得有道理。

"大家看看能不能这样。"韩队长说着掐灭手中的烟蒂，又点上一支，说："我们在座的，都是井站长，带个头，备足三天的干粮，把自己井站上的职工都带到岗位上去。家里边,我想法子,治治那老东西。"

当天,一切按韩队长的布置开始了。

各井站上的职工,悄悄地抄小路,骑摩托、自行车或迈开"11"号,走了。

家里边,老弱病残的,以及后勤的打字员、收发员什么的,全都一色地换上棉工服、皮手套,站在送班车上做"假象"。韩队长叮嘱司机:"汽车可进、可退,要让那老头,一会儿躺下,一会儿再爬起来。

折腾了一天。傍黑时,曹福老汉在地上爬撑不动了,且发现车上的人嘻嘻哈哈,换来换去。知道是被人捉弄。但他有苦难言。

这时候,韩队长支使人给那老头出主意,让他去报告村长。

曹福老汉好像也想到了这一层,扛起铁锹,说:"我是得去叫我们村长来!"

晚上,村长果然是来了。

韩队长设宴招待。酒桌上话没谈上正题,村长就被大伙敬醉了。

回头安排村长回去的时候,韩队长叮嘱司机:"进村时,要开大灯,鸣喇叭,声势越大越好!"

第二天,曹福老汉没来断路,也没再找村长。想必,昨晚上,他已看到村长是在石油队喝醉了酒才回去的。

可喜的是,从此羊儿洼油田,不但没有人来给断路,反而多了一个像模像样的排球场。韩队长把那片原本属于油田的空地儿收回来,建起了一个供职工们活动的体育场儿。

## 选调

明晃晃的电灯底下,大伙围着一只轰轰作响的铁皮炉坐着。

炉子里气压很高,烧的是井上直接通来的天然气。火苗儿很旺,一个劲

儿地从炉盖的缝隙里往外蹿。不大点的板房里，很快就暖和了。

"行啦，大家选吧。"

韩队长读了局里、厂里的文件，讲了二连浩特大草原的美好景致。然后递给我一沓子纸条，让我负责发票、收票。韩队长说我初来乍到，队上的张三、王五都对不上号，最适合做这项工作。

接下来，我把纸条发到每个人的手中。这时候，不知是谁交头接耳被韩队长发现了。韩队长呵斥道："那边干什么的？嗯，刚才我不是说过了吗，各人选各人的，不许商量！"

屋子里，顿时一片安静。只有那只气压很高的铁皮炉，仍然轰轰作响，火苗儿一个劲儿地从炉盖的缝隙里往外蹿。

"选吧，随便选。"

韩队长一再催促，下边一直没有动静。

大家不知道该怎样选。

上一回，新疆油田来要人。韩队长私下把"豆豆"和"二狗"派去了，那两个小子，尽给队上出乱子。可韩队长没想到，正式调令一下来，"豆豆"、"二狗"不干了，双方父母也都跑来胡闹，揪着韩队长的衣襟，非让他讲出个"道道"不中。

那一番难堪，那一番无理取闹，让韩队长尴尬透了。

现在，又要调人去二连浩特油田。上回去新疆油田是两个名额，怎么说还有个做伴的。这回只要一个。名额越少越难办。难办也得办！完不成上级下达的指标，你基层小队的领导怎么向上级交差呀？韩队长接受上回教训，从"官僚主义"走向"民主路线"，采取选先进的办法，让大家说话，选上谁谁去，让你被选上的人无话可说。

"选吧，选上谁谁去。"

韩队长说得很轻松。这可不是选"先进"、选"采油能手"。这在某种意义上说，是在选"倒霉"、选"坏蛋"、选谁得罪谁。

选谁呢？

让谁离开羊儿洼呢？

轰轰作响的炉火，燃烧着跳动的火苗，早就烤红了那块压火的炉盖儿。火苗儿一个劲儿地从炉盖的缝隙里往外蹿。

一张张被炉火烤红了的面庞，全都木木地愣怔着。看来，这件事实在有些难办喽。

"选呀，都愣着干什么？"

韩队长显然是有些等得不耐烦了。他点上一支烟，轻吐着烟雾，说："这样吧！我把范围给大伙缩小一下。"

一语未了，几十双眼睛齐刷刷地会集到韩队长的脸上。都很关注韩队长怎样缩小范围。

"首先，大学生（指我）才来，没准哪天上头一个调令就调走了，大家就不要选他啦。"

下边顿时一阵骚动。骚动中，好像还有人悄悄地骂了一句：

"他妈的，势利眼。"

韩队长好像听见，但他没有理睬，继续说："女工也别选了。"韩队长解释说："我们队上女工本来就少。再说，这次只选一个人，选上哪个，哭眼抹泪的也不好，干脆从男工里选吧。"

人群里，不知谁冒出一句："韩队长，各队都选男的去，那怎么讨老婆呀！"

大伙轰的一声笑了。

韩队长没笑，他向说话的地方瞪了一眼，又瞪一眼，待屋子里慢慢静下来以后，他又说："曹新柱的情况，望大伙能给予体谅！"说到这里，韩队长故意停顿了一下，好像是有意留出空间，让大伙回忆起曹新柱曾经偷过队上的铁管子事。

韩队长说，曹新柱刚结过婚，能照顾的话，大伙尽量给予考虑。

这时候，几乎是所有人的眼光，都在寻找曹新柱。原来，曹新柱就坐在炉子跟前。可能是炉火烤的缘故，满脸通红。

海边有座 红房子

曹新柱是队上唯一的电工，韩队长没来他就是电工。他是土生土长的羊儿洼人。油田上"土地带人"带上来的，上个月，他偷队上的铁管回家打水井。韩队长得知后，逼他写了一个星期的检查。

"当然喽！以上三点，仅仅是我个人的想法。至于，大家怎样选，那是大家的权利。"韩队长挥挥手，说："好啦！好啦！我就说这么多，大伙抓紧选吧。"

这时候，坐在炉前的人开始往后挪动，炉膛里的火太旺，太烤人。

韩队长发现了，制止说："不要乱动！坚持一下，抓紧选，马上就结束了。"韩队长还说："不要有什么顾虑，充分发扬民主嘛，选上谁谁去，"而后，一拍胸脯，说："选我也行呀，只要大伙认为选我合适，只管大胆地选。"

说到这里，他又补充说："至于，谁写了谁，这个问题，大家尽管放心，只要你本人不乱说，没有人知道，队上是绝对替你保密的。"随后，他指着炉前的曹新柱，说：

"小曹，就从你开始吧，依次往右传。"

唉！这一招还真灵。

曹新柱真的有些想选了。他从上衣口袋里拔出圆珠笔，看韩队长一眼。韩队长说："对！就从你开始，小曹。"

这时候，就见曹新柱把那张小纸条往手心里塞了又塞，然后，把圆珠笔插进四指与手掌的缝隙中，上下一画弄，几乎是连他自己也很难看清是否写上了没有，就心惊胆战地连跨过四五个人的坐椅，将那张折了折的选票，亲自交到我手中。

接下来，第二个、第三个，全都像曹新柱那样，藏在手心里写好、折好，然后亲自交给我。

最后一个是韩队长，我走近他身边，只见他人笔一挥，写出一个令我触目惊心的名字——曹新柱。

霎时间，我不敢相信自己的眼睛。但是，不信不行，韩队长的字写得又大又清晰。

出乎意料的是，当我打开全部选票后，除两张票外，其中一张可能是曹新柱投的，其余，张张写着韩队长——韩玉高。

按程序，我将所有的选票舒展好交给韩队长。当时，我真担心他看了那些写着他韩玉高大名的选票后，会怒发冲冠、大发雷霆。

可韩队长接过选票后，边看边点头。丝毫没有不高兴的神态。待他全部看完之后，忽然抬起头来，慢条斯理地说：

"老实告诉大家，同志们选的，和我个人的想法有些出入。"说着，他把手中的选票一举，且停顿了好长时间。在座的人几乎都看到那最上面一张选票上写着曹新柱的大名，那一票是他韩队长投的。随后，韩队长话题一转，说："不管怎么说，这是大家选的。票数十分集中。具体怎么办，我初步想，明天我到厂部跑一趟，尽量争取把我们队这个名额给免掉算了！如果实在免不掉，那也只好按大家的建议办喽！"说到这里，韩队长故意看了看炉前的曹新柱。

此刻，曹新柱正低着头，双手夹在两腿间上下搓。想必，刚才韩队长亮票时，他自己也看到了。

"好吧！"韩队长说："鉴于当事人的面子，今天晚上就不公布结果啦。"下边有人小声嘀咕，显然是在议论"选举"不明不白。可韩队长概不理睬！当即宣布："散会！"

大伙轰的一声散了。

会后，韩队长让我悄悄地把曹新柱叫来。

曹新柱来了，韩队长拍他肩膀，说："小曹，你要有思想准备。今晚的投票，你从始至终都看了，我本想把你择出来，可大伙不能原谅你。"说着，韩队长又拍他一下，说："你知道吗，上回你偷了队上的油管子，影响太坏了！不少人都找我，问我为什么不把你开除掉。说你这回偷了油管子，下回就能搬队上的电视机。依我看，出于这种情况，你换个地方也不一定是坏事。"

曹新柱眼含泪光，好半天没有说话。韩队长说："你回去休息吧！明天我尽量去厂部给你免掉。"

曹新柱不太想走。韩队长说："回去吧，有话明天再说。"

曹新柱含泪走了。

第二天，韩队长仍旧跟平时一样，把上班的哨音吹得很响！全队职工仍旧站好队，听他吩咐：清蜡、扫地、量油、测气，这些都是采油工人的日常工作。

一切都安排完了，韩队长骑一辆摩托车带上我，先去了羊儿洼，找到村长和曹新柱爱人，说明了曹新柱被选调去二连浩特油田的"具体情况"后，掉转车头，直奔厂部，报上曹新柱的名单。

调令发来的当天，曹新柱戴红花、抹眼泪；全队职工吃糖块、嗑瓜子。为他开了一个十分尴尬的欢送会。


## 代检查

我到羊儿洼感觉最不好的，就是会多。

韩队长几乎每天晚上都要给大伙传达局里、厂里的文件；通报各井站当天产油、产气、注水的情况；批评队上职工填错报表，或迟到、早退，乃至旷工的不良行为。

但是，这天晚上没有开会。据说那天晚上韩队长去厂部开会没回来。韩队长没回来，队上职工就自由了。我也趁机给家人写信。先给父母写，又给姑、舅、姨家写，末了，还想给班上个别女生写。

哪知，刚写下一个甜甜的称呼，忽听门外有人唤我："大学生，可以进来吗？"

听声音是个女的。

我隔着帐篷问她："谁呀？"

回答："我是小陶。"

"小陶？"我还在纳闷她找我干什么时，小陶掀开帐篷门帘，进来了。

"哟！你写信呀。"小陶说。

我说:"写信。"我还问她:"你有事吗?"

小陶说:"没事没事,你写信吧,你写信吧。"

说着,她很快退出帐篷。我因急着要在那个"甜甜的称呼"下面酝酿正文,也没挽留,也没起身远送。

回头,也就是我把所有的信件都写好,准备贴邮票封口的时候,忽听小陶又在门外唤我:"大学生,信写好了吧?"

想必,她从帐篷的小方窗看到我了。我说:"进来吧,小陶。"

随后,她掀开帐篷又进来了。

这一回,她一进来我就问她:"你有事吧,小陶?"

小陶没有马上回答我。她看了我一眼,轻咬着嘴唇,把脸儿转向一旁,挺不好意思地说:"有点小事。"

我说:"什么事?"

她紧低着头不说话。

我说:"什么事?你说呀。"

她支吾了半天,说:"我想请你给我写份检查?"

我一愣!问她:"写什么检查?"

她说她星期天回家晚来了半天,韩队长逼她写检查。

我当时想,她让我写检查是假,让我在韩队长面前说情是真。因为,当时我正在队部实习,天天跟韩队长在一起,混得挺熟!我答应帮她找找韩队长。但我告诉她,我来的时间短,尽管眼下在队部整天围着韩队长转,可我是实习的学生,说话不一定顶事。

小陶听我这话,当场就急了。连忙说:"我不是这个意思,我不是这个意思!"

我说:"那你是什么意思?"

小陶说:"我想让你给我写份检查。"

这回,我听懂了她的意思。我指着自己鼻尖问她:"让我给你写份检查?"

小陶轻咬着嘴唇没回话，但她冲我轻轻点了点下巴。

我说："你的检查让我来写？"

"……"小陶没再吱声，我说：你的检查让我来写，这不是我在检查吗？她说她不是不想写，是不会写。还说她连检查格式都不懂，更别说检查的内容了。

我上下打量着她，问她："你高中毕业，还是初中毕业？"

她轻咬着嘴唇没有说话。

我没再说啥，但我心里想，即使初中毕业，写个检查还是不成问题的。可事后，我才知道，油田子女上学没个固定的学校，父母到哪里勘探、采油，他们就迁到哪里读书。小陶告诉我，她读了三年初中，换了四所中学。尽跟着父母搬家啦，啥也没学到。


后来，也就是我为小陶"代检查"不久，我跟韩队长建议，队上可以办个职工文化初习班，组织青年职工，再温习一下过去学过的初、高中课程，以便将来考个职工中专、职工大学什么的。

岂料，韩队长听了我的话，冷冷地道了我一句："都下来听课，谁去上班？"理都没理我那个茬儿。


## 摸鱼


一根竹竿，挑着一盏摇摇晃晃的电灯泡，斜插在小水坝河坡的泥窝里，照耀着两台潜水泵，不紧不慢地抽着塘里的水。

韩队长紧裹着件黄大衣，和看水泵的刘库说："照这样抽下去，天亮就可以见鱼了。"

刘库深吸着韩队长刚才递给他的一支"玉兰"，含含糊糊地说："差不离！"

其实,他刘库是估不出两台潜水泵一夜能抽多少水的。队上真正的水泵工是庞四子。可那小子前几天想老婆想疯了,偷睡了羊儿洼村里的婆娘,当场被人抓破了脸皮认出来!要不是韩队长和羊儿洼村的村长合起伙来把事情压下去,那小子早就该关进"局子"了。就这,韩队长也没有放过他,抽屉里锁着他一大堆随时都能送他进"局子"的证据材料。

刘库很同情庞四子,他晓得那小子这阵子怕见人,主动跟韩队长说要替他看水泵。

韩队长不放心,一下午来看过三遍了。尤其是傍黑来这一趟。他问潜水泵排水正不正常,刘库晚饭怎么吃。最后,还摸着刘库的棉工服,问他:"冷不冷?"

刘库说:"还行。"

韩队长说:"下半夜天冷,你会受不了的。"韩队长让他去队部抱床被子来裹着。

刘库说:"算啦!"

刘库说算啦的时候,两眼睛就紧盯住队部那边的灯火张望,他巴不得真去队部抱床被子来。

韩队长早看出他的心思。韩队长在河坡上站了一会儿,临走时,他对刘库说:"你等着,回头,我叫人给你送床被子来。"

一语末了,就听水坝里"嘎嚓"一声脆响,塌冰了。

第二天,天还没有放亮,韩队长,还有队上几个干部,全都早早地来了。

韩队长远远地望见刘库,大声问他:"见到鱼了吗?"

刘库丝毫没有反应。"哗哗"的流水声太大,他没有听见。

可韩队长走到跟前却看到了,潜水泵旁边,已躺着一大片血肉模糊的鱼片子,都是潜水泵叶片铲过后,随水抽上来的。

刘库很惋惜地跟韩队长说:"随水淌掉不少!"那意思,开始他没有注意。淌走的全是他的责任。

韩队长说:"没关系。"韩队长问他塘里的鱼怎样。

刘库说："大个的不少！"

当下，韩队长也看到了，好多冰块底下，都压着白花花的大鱼片子。

一时间，韩队长也有些激动，要过刘库手中的铁锨就想下去捞。不料，一脚踩滑了冰块，差点连人陷在泥里！幸亏刘库拉了他一把，韩队长只湿了一只脚，上岸后，韩队长赶紧跺了两下，仍有不少泥水沾在鞋上，且很快结出冰渣子。天太冷了！

往年，虽说也捞鱼，可往年不是这样。往年不到腊月，也就是塘里还没有完全被冰封死的时候，韩队长就从羊儿洼村里借来渔网，两边拽上绳子来回拉几趟。

那样，尽管有好些鱼从网上跳过去，但，还是拉上来不少。剩下的漏网鱼也就不认真拉了，以便平时队上来了客人，或是队上干部开会时想喝酒了，派人撒上几网，拖上岸后，留下大的，放掉小的，常年有新鲜的鱼吃。

可今年不行哩！队上好多职工都建议要清清塘子。正好韩队长也有这样的想法。要不，放下去的小鱼苗，全都被大鱼吃了。可韩队长没想到这塘里的淤泥这样深，更没想到今年的腊月是这样冷。

韩队长安排几个人，穿着雨靴子下塘捞鱼。

还好，靠近岸边的，压在冰块底下的鱼，都被扔上岸来，岸上等待分鱼的男女老少那个高兴哟！每见一条大个的鱼，总有好多人围过来观看。当然，更为得意的，还是那些欢奔乱跳的孩子！

问题是潜水泵够不到的那块塘底水面，无人能下去。大家都知道，所有大鱼包括专吃鱼苗的黑鱼都在里头。可那里的鱼怎么捞？渔网是下不去了，水面上还覆盖着厚厚的一层冰哩！只有派人下去掀开冰层，用手摸。这样冷的天，又有谁愿意下去呢！下去的人，又会怎样呢？

韩队长紧裹着大衣站在岸边，一支烟接一支烟地猛抽。忽然间，他想起什么，告诉身边的人："去把庞四子给我叫来。"

往常，这样热闹的场面，他庞四子是拦也拦不住的。可今天，他也觉得没有脸面往人前站了。但，现在，韩队长派人喊他来，他不敢不来。他认为潜水泵出了啥大问题，紧裹着棉衣急急忙忙地跑来。

韩队长迎上去，开口就说："你把棉衣脱了。"

庞四子扑闪着一对大眼还没反应过来是什么意思。韩队长就告诉他："那塘底的鱼，只有你下去摸了！"

庞四子一听，弯腰就去脚上扒鞋子。

韩队长也没阻拦，但他让他等一等。

待人买来一瓶"老白干"，让他喝下几口后，才让他下塘子。

随后，岸上的人见一条条大鱼被扔上岸后，一片欢呼雀跃。

可塘底的庞四子，在寒冷的冰块间冻得咬牙切齿。最终，他耐不住寒冷，四肢失去知觉，突然间倒在泥水中。韩队长看他不行了，忙派人下去，硬把他拖上岸来。

当晚，全队职工吃鱼、喝酒，欢聚一堂。唯有庞四子一个人躺在厂部的医务室里挂吊针，但他并不感到苦恼！反而觉得高兴。尤其是韩队长领着队上的职工去病房里看他的时候，他激动得热泪都流下来了。

# 别了，羊儿洼

## 一

如烟的丝雨落了一夜，一向秋来沙舞的羊儿洼，陡然，变得温柔、娴静

了。往常,路边石窟里,草丛中,那些到处乱爬的花壳虫、小石蟹什么的明显见少。秋凉了!

赶早班的采油工,全裹上个油渍斑斑的"道道服",或蹲或站地聚拢在道口的班车点上。

一辆哈啦啦乱响的破"解放",总算是左摇右晃地靠近班车点儿。

两个早有准备的女工,车未停稳,就抢占上驾驶楼。当即,引起大伙的妒忌与不满。

这时,韩队长站到车前,打开小本子,喊道:

"羊1站?"

车上,立马有人脆脆地回答:

"来啦——"

"羊2站?"

…………

台上小本,韩队长往车上看一眼,又看一眼,一把拽开车门,冲驾驶楼俩女工,没好气地说:

"下来!"

俩女工没敢吱声,乖乖地下来了。而后,韩队长抬头冲我们这边一指,说:

"那个实习生下来!"

我们四个实习生刚来,韩队长还分不出我们的名字。我一愣,还没反应出他喊我们干什么。时效"扑通"一声,跳下车了。

韩队长没理睬他。继续往车上指:

"那一个,那个没穿棉衣的。"

顿时,一车厢人全都目不转睛地盯上了杜福明。

随后,韩队长和杜福明坐进了驾驶楼。那天韩队长带班。

苏伟瞅"晾"在一旁的时效,一时间尴尬得无地自容。捣捣我的胳膊,"扑哧"一声,乐了!

傍晚下班回来。

大伙忙着洗漱,时效则靠着被垛发呆。苏伟说:

"老弟,是不是后悔昨天的蚕豆白送了?"

昨天在部队报到时,我们交了介绍信前边走了,时效一个人缩在后头,悄悄往韩队长桌上倒蚕豆。

这会儿,苏伟又提起那事。时效一个鲤鱼打挺,从被垛上弹起来,指着苏伟骂道:"你他妈放屁!"

"你骂谁放屁?"

两个人扭成一团。我和杜福明忙把他们拽开。时效告诉我:"苏伟比谁都会'溜沟子',在学校时,尽去班主任家垒鸡窝,架电视天线……"

正说着,韩队长推门进来了,先看了我们的摆设,又问我们乍上班习惯不习惯。回头,要选一个宿舍长替大伙抓抓卫生,管管随手关灯什么的时候,韩队长的眼睛"找"到了我。说我是四个实习生中文化、年龄最高的,且当过大学的学生干部。但我建议还是从他们仨人中选,他们是一所中专学校来的,尤其是苏伟和时效,还是一个班的相互之间很了解。韩队长不在意地挥挥手,说:"行了,行了! 你就当吧!"

当晚,我已睡下了,时效又把我拽到马路边的大柳树底下,泪水蹿眼眶地对我说:"我完了,相哥!"

我说:"刚实习了一天,怎么能说完了呢?"

"韩队长对我印象坏了!"

我问他:"就因为早上驾驶楼的事?"

他点点头,并伸出一个指头,说:"这可是第一印象啊!"

我笑了,拍拍他,说:"快回去睡觉吧! 这点小事,不算什么……"

回头,我们并肩往回走的时候,他突然抓过我的手,瞪俩大眼对我说:

"相哥,我看韩队长对你不错,有机会,你在他面前为我美言几句怎样?"

我一愣,问他:"美言什么?"

他支吾了半天，自个也没说清要美言什么。倒是告诉我，他在班上谈了个对象，这回，分在厂部技术组。并说，他在羊儿洼，不混出个人模狗样的，只怕人家瞧不上他了……

我鼓励他两句。他叹了一口气，和我继续并肩往回走去。走进宿舍区，一间房子里"咔叽"拉亮灯，但马上又灭掉。想必，我们惊动了上夜班的人，人家在拉灯看表。

顿时，我们俩不约而同地放轻了脚步。

## 二

转眼，两周过去。

这天下午，韩队长来我们宿舍开了个短会。说队上人手紧，要把我们四个人分开，一个一个单独顶岗。

时效一听，立即欢呼响应，并表示百分之一百二十的赞成。他紧攥着小拳头，说：

"这才是锻炼我们的好时机！"

苏伟瞪他一眼，让他不要抢嘴。可他装不懂，尽说些让韩队长听了高兴的话。

苏伟气坏了！没等到韩队长走出门，照准时效的胸脯"咣"的就是一拳，骂道：

"你他妈讨什么好！嗯？"

时效眼圈一红，说：

"你，你打人！"

苏伟没睬他，转过脸来，问我和杜福明："你们俩说说，这小子该不该打？"略顿，又说："这单独顶岗是要担风险的，我们能随便答应吗？嗯？"

杜福明不说话，俩大眼一眨不眨地望着我。我想到大树底下，时效对我的"叮嘱"。我原谅了他。

当下,我们四个人对床而坐,就如何顶岗做了研究,并立志要干出个样子来!

一日,下班回来。

韩队长在班车点堵住我,拍我肩膀说:"厂里要在咱羊儿洼开个实习生现场会,你准备个发言材料吧!"

我一愣,不知发生什么事情。

韩队长说,就是你们顶岗的事,厂组织部和技术科几位老总,都说这是个很好的典型……

这下,时效可高兴喽!他蹦跳着甩指响,并揪住苏伟的衣襟,左右晃着脑袋,非要把那一拳还回来!还说,这事,要不是他果断答应下来,或许在羊儿洼实习一百年也无人问津。建议我,材料上一定要写上我们第一次顶岗的心情,等等。

三天后。

一辆"黄河"大客车,载来全厂50多名应届大中专实习生。

时效在一边捣捣我的胳膊,指出那位辫梢上系一对彩色塑料球的就是他女朋友。我仔细打量,"塑料球"瘦瘦的,挺白,挺漂亮。我建议时效:

"中午留她吃饭!"

时效趴我耳朵上,说:

"还不是公开的时候。"

大家陆续走进会议室。主持会议的组织干事,瞅几位老总正和韩队长站在车前讲话,便见缝插针地提议道:"唱支歌,活跃一下气氛怎么样?"

时效当即站起来,指着苏伟,说:"他是咱们的大歌星,让他唱!"

组织干事马上带头鼓掌。

苏伟脸一红,站起来!还真唱了……

一曲未了。

时效胳膊一抡,问大家:"唱得好不好?"

他的意思是：再唱一个要不要。可他没考虑，此刻，韩队长领着几位老总，已经按位就座了。一时间，没人跟他呐喊叫好！

时效自个弄个大红脸不说，反而闹得苏伟也跟着尴尬。再瞅瞅"塑料球"，白净净的小脸也红了。想必，她和时效还真有那么点意思。

开会了。

组织干事让我们羊儿洼四个实习生站起来，给大伙认识认识。

掌声中，好多人的目光都盯上了杜福明。

那天，到会的全都毛衣、棉衣地穿着，而杜福明却是褂子套褂子，足有四五件，每一件都像是一扇关闭的门。看样子很冷。韩队长小声地告给几位老总：那个学生家是农村的，前天，他父亲来过，看样子家里很穷。

几位老总一齐点头，有的还翻开小本子，记下了他的姓名。

会议进行了一上午。我谈了具体顶岗的做法和体会；韩队长做了经验介绍；各队实习生代表表明了向我们学习的决心。

会议将要结束的时候，有位老总透露：厂里要成立个"科技服务中心"。人选嘛，将从本届实习生中择优一部分。择优的办法是，视考分来定。具体考什么内容，由组织部下发考试大纲。

时效一听，回屋便开始学习。当天中午，连午饭都没顾上吃。

三

秋风，吹落了路边大柳树上的最后一片枯叶。后秋了。

杜福明说家里正给他做棉袄，说父亲要给他送来，他大大都在盼望。这天早晨，落雨了。杜福明买饭时湿了褂子，一整天都坐在被窝里。晚上，要上夜班时，他说肚子疼，要跟我调个班。想必，连日寒流衣服单薄冻着了。我答应同他调班。

时效说："我也去！"并说他第二天休息，要和我去做"陪班"。

我说:"那也好!"

让他把书带上,一块到站上去复习。考试的日子已经确定。

晚上,我和时效在巡井的小路上,一前一后,说了很多话。

约莫是月亮落下的时候,时效趴值班室的桌上睡了。我也抄手打起盹儿……

这时,一阵脚步声,由远而近。

"坏了!查班的来了。"

我忙晃醒时效,给他一支笔,让他趴桌上假装填报表。

奇怪的是,脚步停在窗前,然后,又由近而远。

"什么人?"

时效一把拽开值班室的门,大声问道。

回答:"赶路的!"

"赶路的?"时效重复着对方的话,往前走了几步。这时候,一个戴狗皮帽子的老头,点头哈腰地解释:"赶路的,想进屋暖暖的,瞅你们在认字,就不打搅啦!"

"他妈的,操蛋!"时效小声骂了一句,冲我一挥手,说"别睬他!"

第二天,我把"狗皮帽子"说给杜福明听,他忽闪着俩大眼,半天没有言语,末了,他求我说:"相哥,我害怕,咱俩调个班吧!"

我说:"瞎!这有什么好怕的!"

杜福明扑闪了两下眼睛,欲言又止。

晚上,杜福明不知在哪里哭红了两眼,又来把我叫出去。他说,有件事,只能让我一个人知道。说之前非让我下保证不能对任何人讲。他问我:

"你知道那戴狗皮帽子的老头是干什么的?"

我一愣,说:"不知道!"

杜福明一低头,说:"是找我放油的……"

我瞪他一眼,心想,这可是不得了的事情,弄不好,要开除公职的。一时间,我不知说什么好,他却一把抱住我,慢慢给我跪下,边哭边说,他不是

海边有座红房子

故意的……

杜福明告诉我，一周前，井场上洒了点"落地油"（一般是不能回收的废油）。"狗皮帽子"来拾走后，硬塞给杜福明两包"玉兰"（杜福明想到爹会抽烟）就收下了。这下可好，转天夜班，狗皮帽子赶马车来，逼杜福明给他放油。并威胁说，若不放油，就要把他收烟的事捅到队上去……

我明白了，问杜福明：

"你前后放过几次油？"

他支支吾吾地不敢说。

"共收下多少好处？"

他更不敢说。只求我给他保密，同他调班。我深知问题严重了，答应下他的请求，并说："你好好学习吧，争取考出羊儿洼！"

他点点头，没再言语。

马上就该考试了。可组织部的复习大纲一直没有寄来。

这天上午，苏伟阴沉着脸，不知从哪里把时效拽来。反插上门，有言在先，不让我们拉架。他把时效按在地上，打一拳，又打一拳。再要打时，我和杜福明已把他胳膊抱住。

我问，这是为什么？苏伟逼时效自己说。

时效不说。

原来，厂里寄来四份复习大纲，时效收到后，悄悄地烧了三份，只留一份，自己偷偷躲在外边河沟里看，被苏伟盯上了……

四

考试结束了。

苏伟和时效一出考场都直拍大腿。因为，考的不单纯是理论，多数是实习中所看得见，摸得着的东西。所以，我考得也不理想。唯有杜福明，回到宿舍,头一回有了笑容。

我暗自为他高兴,指望他能离开羊儿洼,平安地躲过"放油事件"。没想到,偏在这时,我们内部出了奸细。把杜福明"放油"的事捅到厂部。韩队长气坏了,连夜从厂部返回来,一脚踹开我们的房门,吼道:

"杜福明,你给我到队部来!"

我知道出事了!

回头,韩队长送杜福明回来的时候把我叫走。

队部里,明晃晃的电灯底下。韩队长指着我,问:

"杜福明偷油的事,你知道不知道?"

我含含糊糊地回答:

"还有这事?"

"还有这事!"韩队长一字一句地重复着我的话。猛一拍桌子,"你装什么糊涂,杜福明在大树底下没告诉你吗?嗯!"

我低下头,好半天没再吱声。想必,韩队长什么都知道了。

"这么大的事,你们一直瞒着我。"韩队长说着"啪"的一声将举报信摔在桌子上。

我问:"信上怎么写的?"

韩队长说:"信上写得很含糊。但刚才杜福明交待得很清楚。"

我问:"谁写的?"

韩队长瞪我一眼,没好气地说:"干什么?你想打击报复!"并告诫我,这是积极的表现,让我正确对待!

我猜:这事,跑不了时效。

那天晚上,"狗皮帽子"找到井上,时效肯定是看出了"门道",话说回来,大伙的复习大纲他都能烧,更何况一封可以不落姓名的举报信呢?

韩队长说:"小杜刚才让我批评得太厉害了。你回去跟他说说,就说我说的,争取再给他一次悔过的机会!"

然而,当我回去的时候,杜福明已经不在屋里了。我问床上的时效:"杜

福明呢？"

时效翻身朝墙，背后支支吾吾地扔给我一句话：

"不知道！"

顿时，我不知道打哪里来了火气，一把扯开他的被子，厉声吼道：

"起来去找！"

这时，苏伟看我脸色不好，忙披衣下床，一声不响地打着手电出去了。

水沟里、干渠上，队部的菜窖里……四处不见杜福明的影子。

韩队长吓坏了！忙吹哨子，发动全队职工起来找。找到天亮，才发现，杜福明已静静地悬在路边的大树上……

杜福明死后，我们中接连又出现了两件不愉快的事情。

第一件，是时效失恋。

对此，我打心里畅快！这种出卖朋友的小人，早该让他尝尝生活的苦头！

失恋的原因他不说，只说"塑料球"没有良心，全班合影时，还和他挨得很近，到羊儿洼来却把他甩了。时效坐在床沿上，使劲撕着"塑料球"给他的断交信，一泡眼泪，好半天才挤出一滴，且"吧嗒"一声，打在他手臂上……

第二件是苏伟"支边"。

全厂派三名技术人员去帮助开发内蒙古边陲的一个小油田，没想到，其中一个名额，竟落到苏伟的头上。

启程的前一天晚上，我和时效买了些酒菜为他辞行。他却一个人跑到大树底下呜呜地哭开了。

我说时效："过去把他拉起来！"

时效往前走了两步，停下了，也抬手抹起眼泪。

我走到跟前时，苏伟一把把我抱住，边哭边说：

"相哥，都是我不好……"他告诉我，那天晚上，杜福明在大树底下跟我说话，他起来解手，正好都听到了。

"你，你！"我用手指着他，"是你写的举报信？"

他点点头，告诉我，他考试成绩仅次于杜福明，本想告下他，自己去……

我一把推开他，说："你，你太卑鄙了！"

这时候，时效蹿上来，一把揪起苏伟的前胸，前后晃着，大声吼道："苏——伟——我早就料到这事是你干的！"他本想揍他，但不知为什么，一时间，竟抱住苏伟放声哭了。而且，哭声尖利！

## 五

苏伟走后，不久，我也接到厂部的调令。

上路的那天早晨，时效就像护送自家兄弟一样，和我站在班车点。但他一直打不起精神。

我说他："放开点，时效，把你留在羊儿洼，也不一定是坏事情……"

他打断我的话，含两眼泪水，问我："苏伟去内蒙，是他自己报的名，你知道不知道？"

我摇摇头。

他又问："他为什么至今没给我们来信？你知道原因吗？"

我一愣，似乎这才想起来，苏伟走后，一直没有给我们来信。

时效抹着泪，说："他走的时候说了，这辈子再没脸见我们……"说着，时效昂起眼泪，看着我说："相哥，原谅他吧！"

我两眼一酸，忙拉过时效的手，说：

"别说了，时效。什么也别说了……"

这时候，上班的哨声响了。

羊儿洼新的一天，在韩队长的哨声中，又开始了。

卡车开过来的时候，时效扛起我的行李，说："相哥，今天的驾驶楼，是专门留给你的！"

我昂起头，向着路边的卡车走去。

第二辑

Duo Er

多儿

# 多儿

一条玉带，划开了晋冀两省的界限，这就是姜子河。传说：当年孟姜女给丈夫送寒衣迷了路，在此哭了一夜，串串泪水落地而成。

红柳村，就坐落在姜子河南岸；几十户人家，藏在河湾的褶皱里，世世代代，尽心尽意地耕作着河湾里的那片土地。

小小姜子河，水虽不深、不烈，却也给村里人增添了诸多不便。不说买衣扯布，就连八毛五一斤的老白干，也要挽起裤角到河那边五里以外的小镇上去沽。因此，这地儿异常闭塞、不便。现在呢？河北岸来了一支石油队，建起了一片亘古未有的楼房、影院和装潢华丽的高级商场。

那拨子人，来了不几日，就抬着钢管、铁板，高声嚷着、大声吼着，架起了一座宽两米许的铁板桥。这是石油队占用了红柳村的土地，红柳村的老百姓趁机提出的条件。

红柳村自打有了这座铁板桥，骑车不用蹚水，行人不用脱鞋子了。这对红柳村的老百姓来说，确实是一件顶美的事儿。尤其是住在河边的多儿一家，格外欢喜。她家的地全在河那边。

多儿因此感激石油队，但她讨厌那拨人的粗言话语。

一日傍黑，多儿到河边去唤鹅，被石油队里几个小哥儿们堵在铁板桥上。一个头发像猴子毛似的小个子，首当其冲地问多儿：

"嘿！这小妞,蛮水灵。不在家给你爹煮饭,跑到这里来干吗？是不是等我哪？嗯？"

多儿脸色一沉,不言语,欲退。另一位趁机凑过来挡住她的退路,更是嬉皮笑脸地神情:

"哟！看样子,你不喜欢他,那就是我喽？"

多儿狠狠地瞪了对方一眼,依旧没有吱声,可她的鼻尖儿上已渗出了几多细细的汗粒儿。她心里有点紧张、慌乱！可就在这时刻,后面走来个大个子男青年,他叼着烟卷儿,瓮声瓮气地说:"瞎闹什么？走！"

围攻多儿的那几个小哥儿们随即撤了。那个小个子,走了两步,又转过脸来,冲着多儿,中指和拇指在空中滑了一个脆响,阴阳怪气地说了声:"拜拜！"这才扭头跑去。

多儿看着他们远去的背影,暗自骂道:"油鬼子,缺德的玩意儿！"

骂完了,多儿又后悔了:那个大个子也是油鬼子,他是不该骂的。

多儿这样想。

落了一夜雨。

大地因湿润而色深。一向低吟着的姜子河,突然间变得热烈、奔放起来。淙淙的流淌的溪水,歌唱着荡向四野。轻柔的晨风,抚弄着纤细的柳丝,在溪水中轻轻舞动。河畔,鲜亮嫩绿的草儿,纷纷点缀着晶莹的雨珠,相互透明着,碧绿着,亲近着。

多儿喜欢这春日雨后的景致。

流银淌绿的河湾里,因为有了多儿,有了她那件随风抖动的红衬衫,便有了一团魅人的红。

溪水边,多儿找了一块大青石蹲下,红红的袖儿高挽着,她洗过脸,扛起铁锹爬上河堤。远望,那边小路上开来了一支卡车队。

"糟了！"多儿自言自语。

她家的花生地就挨着那条小路。先前,那是条大路,足可以跑开卡车。现如今,土地分到各家各户,两边一齐抠,很快大道变成小路;别说卡车,就是马车都很难通过。

多儿怕压坏了她家的花生,匆匆往前跑去。

地头,多儿横拿着铁锨,站在车前,满脸的不高兴。那意思:庄户人家,靠的就是这点地,你们吃公家饭的,不吱一声,随便要碾,不行!

三辆卡车,一线儿停下。车上的人,起着哄,打着口哨,噼里啪啦地跳下车。打头的竟是那个大个子。

多儿一眼认出了他,心里慌了,一时没了主意。刚想好的主意:让他们掏了赔偿费再走,这会儿,该说什么呢? 多儿为难了。

大个走过来,说:"让我们先过去。回头,有人来和你算账。"

多儿看了他一眼,手中横挡着的铁锨真的就竖着了。卡车开过去,就在多儿家地头的那口油井上停下了。

接下几日,那大个子便时常出现在多儿的视野里。

这伙子人在那口井上修井作业。他们三班倒,有坐卡车来的,也有坐卡车去的。他们住在哪儿呢? 多儿不晓得。

这天,井上出了事故,不能做活了。来了辆卡车把井上人拉走了。那个大个子没走。他是班长,留下看井场。

正在田里拔草的多儿,看到那大个子一个人在那蓝色的列车房一样好看的小铁屋里出出进进。有时是拿一本书,有时两手空着,在井场上走一会儿,又回到那小铁屋。那个小小的铁屋里有什么呢? 是不是和大客车里一个样儿? 有软软的坐椅? 茶碗口一样大小的电灯? 多儿想知道。她很想走近了瞅个仔细,但她没去。可那种欲望促使她心里乱乱的,干活儿都没了心思。

正午的时候,太阳当空照着,正热。那大个子从井场上来了,走到多儿跟前声儿挺冲地说:"天都晌了,还不回家吃饭?"

大个子要洗澡,他想撵多儿走,在和多儿说话时他直晃手里的毛巾。

"回,这就回。"多儿说。

"哪村的?"大个子问。

"红柳村。"

"叫什么名字？"

多儿没有马上回答他，可她还是说了："多儿。"

"多儿？"大个子一笑，又重复一遍"多儿"

"你叫什么？"这回是多儿问他呢。

"我？我叫田青。大伙都叫我田大个子。"

田青，田大个子。多儿记住这名字。

转天，他们又见面，因为旷野里就他们两个人，自然又搭上话儿。

"哟！天这么热，歇一会儿吧！"

"没事，怎么今天你看井？"

"对，有空到井上玩去，啊！"

"嗯，好！"

日子深了，他们熟了。多儿已去过他们井上，看了小铁屋。田青呢？闲着也是闲着，常来帮她拔田里的草。

忽一日，田青发现他那被钢绳撕破的衣袖，不知何时，缝上了密密麻麻的针线……

多儿和石油上的小伙好了！

村里人知道后，都说不可能。挖油的，有油就是家。油没了，家也没了。那伙子人，都是脚面上支锅，踢倒就走的主儿。哪个有心肠的娶个农村婆娘缠腿脚？真是笑话！那小子八成不是个好东西，瞅咱多儿长得水灵想占便宜咋的？

不了解油田的人，很难知道啥叫作业队，那是一个流动的雄性男儿国，常年在野外抱油管子。吃公家饭的大姑娘谁个愿和他们搞对象？然而，作业工自有作业工的办法，油井打在大城市的毕竟是少，哪口井挨着村庄近，他们就到哪个村里找姑娘。

前些年，庄户人家日子清苦，村里姑娘他们随便地挑。不等一口井作业完工，就美滋滋地当了上门女婿。等油井作业完了，油田要搬家了，那伙子人抬脚便走。到什么地方去？那可说不清。有良心的还回来看看，那些没良心的却是一去不回头。

这日晚饭后，多儿被爹、娘，还有本家的嫂子叫到屋里。本家嫂子问她："多儿，外面都讲疯了，都说昨晚上你在姜子河边和油田的小伙子手钩着手走，可是真的？"

多儿低着头，不言语。

"你说嘛，是不是真的？"娘哭丧着脸，手背拍着手心"吧吧"地响。

爹蹲在门槛上猛抽烟，脸一直别在肩头上，看都不看多儿一眼。

"你说话呀，是真的吗？"本家嫂子使劲地晃着多儿的胳膊。多儿摇头，不承认。

本家嫂子笑了，去拉多儿的手："这就好，这就好。"

多儿却不高兴了，把手一甩，说："是，就是！你们看他不好吗？"

嫂子一惊，目光转向多儿娘；娘看着蹲着门槛上的多儿爹；爹猛走身，奔向小西屋，连鞋都没脱，上床躺下了。

第二天，多儿爹派人去河北岸把田青找来了，当面定了死口。就算是承认了这门亲事。当下，田青把多儿领到队上，哥儿们一看，都拍田青的肩膀，喊："盖了帽啦！"

队上许多弟兄托人在村里找个丑一点的姑娘都没找上，可田青愣是把多儿领来，哥儿们佩服得不行。田青也很知足，一有空闲，就住河南岸多儿家去。

日子就像姜子河的水，时而喧烈，时而温柔地流去又流回，日日夜夜。

春来的燕子陆续南下，姜子河的水流儿明显变细，但却清亮。溪边那些大青石和草稞子纷纷裸露出水面。河岸上纷飞的彩蝶几乎无踪无影。

秋天来了。

姜子河的秋天是令人兴奋的，斑斓绚丽的河谷，镶嵌着一条透明的玉带，多情地远送着那些多姿的落叶。多儿说："秋后我们该结婚了。"

多儿的爹也曾这样说过。

田青说："再等等。"还等什么呢？他也说不清。队上许多小哥儿们有

的比他还小，但求有了对象，都结了婚。于是，他们开始准备结婚的东西。

这天，指导员对田青说："厂里要办个法律学习班，你借这个机会，边学习边筹办婚事吧！"

"就去我一个？"田青问。

"要五个，哪有那么多人，你去应付一下得了。"指导员说完，头也不回地走了。这样的事，队上向来不重视。

学习时间很短，一共才四十天。来学习的有男有女，全厂各单位都有，都很年轻。

一日课后，大家围在一起说笑。田青的同桌胡亚丽提议："星期天，咱们到子牙山去游览吧？"

子牙山，是姜子河上游一座挺秀美的山。站在它的顶峰，可以望遍姜子河的九曲十八弯。

"怎么去？"有人这样提出来。

"骑车！"胡亚丽忽闪着一双明亮的大眼睛，左右瞧瞧，笑出了一口洁白的玉齿。

次日清晨，星星还在姜子河里漂着，弯弯的河堤上便响起了清脆的车铃声。一支自发组织的自行车队，你追我赶、热热闹闹地闪过姜子河的一弯、又一弯的柳丛，向着子牙河上游的子牙山飞奔而去。

太阳出来的时候，他们登上了子牙山。山巅，风抖起了胡亚丽的衣衫，扬起她那秀美的乌发，如同一支燃烧的黑色火炬。田青挨近了她，她笑咯咯地伸出白面似的手儿，给田青报着姜子河的一弯又一弯。

田青看着眼前画一般美的姜子河，颇感兴奋。心想"若不是厂里办这个学习班，若不是指导员派他来学习，一辈子也不会和他们碰到一起。更不会想起到这里来玩。

中午，大家选定一块很平整的大青石坐下，打开随身携带的录音机，摆上啤酒，橘子汁、面包、香肠、午餐肉、苹果、橘子什么的，男男女女围成一圈，有说有笑地开始野餐。

胡亚丽外衣垫在石板上坐着，主动和大伙碰杯！

"亚丽，将来咱们再见面，你还认识我们吗？"有人这样问。

胡亚丽说："认识。"

"我们到你那儿去，可要招待我们一顿？"

胡亚丽一笑，说："没问题，别说一顿，你们住上个十天半月的都不成问题。"

"那我们夜里睡在哪儿？"有人故意这样问。

胡亚丽是个护士，知道对方是逗她玩的，于是，她故作认真的样子说："我们医院病房有得是，谁去都可以睡。"

大伙乐了。胡亚丽嘴一撇，也乐。这时，一直没有言语的田青发话了："以后我们不可能再凑到一起了。"

胡亚丽把话接过来，说："哎，你这是什么意思，刚才我们还说明年一起考职大去……到那时，我们不就天天在一起了吗？"

这时候，坐在田青对面的一个小伙子说："都去，不可能……人家田青快当新郎官了，还考什么职大呀！"

田青的脸红了，瞪那小伙子一眼，说："你他妈的少废话……"

小伙子讨个没趣，不吱声了。

田青发过火，又觉得不妥当，抬头看看大伙。大伙都瞪大眼睛看着他，场面颇尴尬。于是，田青猛站起身，离开野餐点儿。

大树底下，胡亚丽不知什么时候走近了田青，问："你今儿怎么了？"

"没怎么！"田青目不转睛地看着对面的另一座山峰，狠狠地吸着烟。

胡亚丽慢条斯理地说："大伙儿说说笑笑，你怎么就认真了！"

田青没吱声，依旧看着对面的山峰。

胡亚丽又说："我觉得你文化课的基础蛮好，脑子也灵活，若是想考职大，工作之余，稍带着翻翻书还是有把握的。"

田青又点上一支烟，一声不吭地靠着树干蹲下。胡亚丽也蹲下了。

傍黑，太阳就像个玩累了的孩子，一屁股坐在西面的山包上，说啥也不起来了。满天的云霞随即相拥相抱，不大工夫，一轮皓月闪出云层。

夜来了。

自行车队，给子牙山留下歌、留下诗、留下了一组青春的梦幻，依依不舍地离去。

田青回来了，带着许多书和行李，学习班结束了。下车时，多儿就等在站牌旁。

多儿接过田青的行李，极是兴奋地告诉他："爹把两间西屋给我们腾出来了，还刷了雪白雪白的白墙。"

田青没有反应，只是嫌车上太挤，站了一路，累！到多儿家，田青就坐在小竹椅上闷头抽烟，一根接一根地抽。

多儿从床头的小木箱里拿出一个小包袱，理出一块她自己绣的门帘，说："哎！你瞅这个！"

田青一抬头，只见红红绿绿的一大片，中间还绣着一个金黄色的"喜"字。

"这一块也快绣完了。"多儿又理出一块。

这一次，田青没有抬头，只听小竹椅嘎吱吱响，田青已把视线转向门外。

吃晚饭时，多儿给田青递过一个馒头，田青伸手欲接，忽然又停下手。他发现多儿那长长的指甲缝儿里藏着一层乌黑的灰泥。他白了多儿一眼，很不高兴地说："看你指甲，多长，脏死了。不能剪剪吗？"

多儿没吱声。她知道自己是要下田干活的，指甲剪得太短了，握锨铲土要裂出血来的。

田青放下碗，抽了一支烟，说了声："队上看看去。"猛起身，走了。

多儿哭了，在屋里悄悄地哭。她不知田青今天是怎么了，只觉得心里委屈。当晚，多儿真的把指甲剪了，有几剪子下得深了，居然剪出了血！

日子过得很快，不觉得又是一年的冬天了。这些日子，多儿来油田几回，大都碰不到田青，有时遇上了，田青又好像很忙似的……知趣的多儿，说上几句话，也就回了。

大约半月后的一天下午，胡亚丽来作业队打预防针，田青买了罐头、烧鸡留她吃晚饭。

胡亚丽有说有笑地高挽着袖儿,帮着切菜、煮面条。

吃过饭,田青去打水,一拉门,看到有个人影在墙角一闪,问是谁,没人应;追去看啥也没看见。

第二天,田青去多儿家拿棉衣,多儿在里屋揉着哭得通红的眼睛,悄悄地连他夏天用的蚊帐、单衣什么都给包好了。

田青接过包袱,心头一沉,他似乎感到什么,想和多儿说几句话,可多儿把包袱往他手里一塞,就退回里屋,合上了房门。

铁板桥上,田青迎见了下田回来的爹。爹说"昨晚,多儿去迎你,没迎着,回来就掉泪淌河地哭,咋劝也不行。往后,你哪天来,和多儿说准了。啊!"爹说这话的时候,脸色很好,看样子,他什么也不知道。

田青明白了,昨晚,墙角那个身影是多儿。

田青木然。

铁板桥上,他久久地凝望着姜子河,任凭思绪随那跳跃、奔突的河水向远方流去,流去……

# 别情

接替小苏老师的新老师下午就要到了。

二玲子打开厨房的门,一方亮亮的阳光,立刻就照耀在门前的柴草上。好些小飞虫,随着二玲子推门进来,浮浮摇摇地从柴草上飞舞起来,交织在

门前的阳光里,无数小星星一样,相互灿烂着。

二玲子抬胳膊在眼前摇了摇,那些小飞虫就远离她了。她看着眼前多日没动的锅呀、瓢呀、碗的,思忖了好长一阵子。心想,晚上这顿饭,该怎样做呢?

早晨,王校长去乡里时,交给她三十元钱,叫她多买些香菇,山鸡什么的,晚上,一块儿送小苏老师走,迎新老师来。

这会儿,王校长只怕是早就翻过东面的山梁,奔溪口边的沙石路去了。小苏老师也无心教课,一个人待在屋里不停地收拾书本。

刚才,二玲子到他屋里去了。

二玲子给小苏老师买了一支钢笔,"大运河"牌的。二玲子不知道这个牌子好不好,反正村口小卖店里,就数这种牌子的价钱贵了,二玲子就买了它。小苏老师看了二玲子买给他的钢笔,愕然一下。

问她:"你买这个干什么?"

二玲子不吭声,二玲子把笔放下就要走。她生气了!她觉得小苏老师说话不中听。还问她买这个干什么,这不是明摆着,你要走了,俺送你的礼物嘛。嗯!

小苏老师一把扯住她,问:"你哪来的钱?"

二玲子胳膊一甩,又甩,说:"这个不要你管。"

小苏老师挠着头,说:"好好好,二玲子给我的礼物,我收下。"

二玲子白了他一眼,心想,说这话还差不厘,可她嘴上还是说:"嗯!不想要拉倒。"

小苏老师笑。他知道二玲子嘴头子厉害。讨好二玲子说:"二玲子给我的礼物,我哪敢不要呀。"

"去你的吧!"二玲子甩手要走。

小苏老师扯过她,指着床边一个早就准备好的纸箱,对二玲子说:"这些,都是给你的。"

二玲子看纸箱里有汗衫,有书本,往后退了两步,摇头不接。

小苏老师说:"这书本,是让你以后好认字儿的,那两件汗衫,我穿小了,你带回家给你弟弟穿。"

其实,那汗衫,是小苏老师专门从城里买来的。他觉得,二玲子一家,对他都太好了。

二玲子说:"书本我留下,那汗衫,你给王校长吧。"

小苏老师说:"给王校长的,昨晚我已经送到他家里了。这是专门留给你的。"

二玲子还是不忍心去接。

二玲子打心窝里舍不得小苏老师走哩。

昨晚,月亮地里。

小苏老师把要走的事,说给二玲子。二玲子当场就哭了。

二玲子是王校长专门找来,给小苏老师做饭的,都三年了。

小苏老师知道她舍不得他走。所以,一直到昨晚才对她讲。

当时,二玲子来给小苏老师送煎饼,小苏老师想告诉她把煎饼带回去吧,他明天过天,后天就要走了,用不着吃这煎饼了。可这话,他琢磨了半天,就是没好开口。

后来,月亮升起的时候,二玲子起身要回去。小苏老师送她到山湾溪岸边,穿过一片浓黛幽幽的树林,就要到二玲子家了,小苏老师,突然拐到前头溪边站住。

二玲子问他:"你干啥?"

二玲子认为他要在溪边洗手呢。

可小苏老师在溪边的石头坐下。他叫二玲子也过来。

二玲子说:"干吗?"

小苏老师说:"你过来,我有话对你说。"

二玲子认为他又要给她讲故事,或背什么风呀、雨的诗呢。可她没想到,小苏老师忽而从兜里掏出一条黄围巾,问二玲子:"好看不?"

二玲子接过来,对着清亮亮的月光看了又看,直夸:"好看,真好看!给

谁买的？"

小苏老师说："你猜？"

二玲子说："给你女朋友买的呗！"

二玲子知道他有女朋友。

小苏老师轻摇下头，说："不对。"

"那是给谁买的？"

"你再猜？"

二玲子轻咬着粉唇，说："这往哪儿猜去。"

小苏老师说："那好，你猜不出来，就是你的啦。"

二玲子说："嗯，瞎说什么呀！"

小苏老师说："真是给你的。"

二玲子说："咦！——"

小苏老师看她把那黄围巾捂在胸间，一蹦一跳的正高兴，就告诉她，说："我要走了，二玲子。那围巾，是送给你做留念的。"

二玲子嘴上说："骗人，你骗人……"可她，忽而想到，这些日子小苏老师不让她做饭了，老是说有事有事地往山外跑。立马愣住了。

她呆呆地看着小苏老师，问：

"真的走？"

小苏老师点点头。

"何时走？"

"等新老师来了，交接一下就走。"

"这么大的事，你怎么不早说……"

二玲子鼻子一酸，泪水扑簌簌地滚下来。

小苏老师忙扶过她，说："二玲子，别哭。"

二玲子就哭。

小苏老师说："别哭了，二玲子。"

二玲子仍旧哭。

小苏老师说:"我还会来的,二玲子……"

二玲子揉着泪眼,跺着脚,说:"骗人!骗人!你骗人……"

小苏老师看二玲子哭得那么伤心,一时间,他心里也很不好受。想到他来连山湾的三年里,二玲子就像自家的小妹一样,整天给他洗衣做饭。有时,还领他一起进山采蘑菇。有几回,他发高烧躺在床上,二玲子寸步不离地守在床前,给他拧毛巾,递开水……

那情那意,小苏老师这辈子忘不了。

前年秋上,苏老师独自背个行李卷来报到的头一天,王校长开门见山地跟他谈了两件事:一是要把校长的位子让给他。王校长说他年岁大了,又没啥文化,家里牵扯多,不适合做这个校长。过去,村小学里外就他一个人,什么校长不校长的,就那么混过来了。现在,他苏老师来了,苏老师是受过正规教育的师范生。王校长说什么也要把校长的位子让给他。可小苏老师不要。小苏老师说,他不想长期待在这,过个年把,他还想调回城里去。第二件事,就是把二玲子给他领来了。

二玲子先前也是王校长的学生。

连山湾三五十户人家,多少年来,村小学就王校长一个老师。所以,山弯弯里,大凡认识两个"蚂蚱腿"的,都是王校长的学生。要不是小苏老师来,连山湾小学,一到三年级,全都是王校长一个人教。

二玲子读到二年级下半年的时候,她爹往山外运石头遇到车祸,二玲子就捞不到再读书了,娘让她下学带两个小弟弟。

这两年,二玲子的两个弟弟都大了,二玲子就帮妈做些事情。

小苏老师来后,王校长看二玲子心灵手巧,人长得好看又苗条,就领她来给小苏老师做做饭什么的。每月给个十元、八元的。也算是照顾了他们孤儿寡母的。

王校长给小苏老师介绍二玲子时,说:"这可是我们连山湾,最最漂亮的女孩子。"

小苏老师也觉得二玲子长得水灵、耐看。两条大辫子垂至胸脯两侧,一

海边有座
红房子

双大眼睛溪水一般明澈美丽。王校长领她来的当天,她正在山上打枣儿。见面的时候,她高挽着袖儿,拎一小小的紫荆篮子,里面全是红溜溜的枣儿。

王校长说:"漂亮的女孩做饭香。往后,你苏老师吃饭的事,就不用愁了!"

果然,二玲子不但会做饭香,手也很巧,会擀面条,会包饺子,还能在面粉里抽出面筋来,拌上葱花、香菜、大蒜什么的。让小苏老师吃得可舒心了。可吃得很舒心的小苏老师还是要往城里去。

他的女朋友在城里。

听小苏老师说过,他女朋友个子比二玲子高,会讲普通话,也会讲苏州话。但她,一次没来过山里。每回,都是小苏老师拎着山里的核桃、板栗、香菇,拎着王校长给买的山鸡、野兔什么的去城里。

现在,小苏老师不需来回往城里跑了。他要离开连山湾,离开王校长和二玲子了。接替他的新老师,下午就要到。

二玲子一想到小苏老师走,心里就不滋味儿。她极不情愿地拎起门后多日没用的紫荆篮子,在门前的太阳地里拍了拍尘土,找了张破旧的报纸垫在篮子底下,要去割肉、买鱼……

小苏老师看见了,喊她回来。

二玲子扭回头,问:"干吗?"

小苏老师远远地冲她招手,说:"回来,你回来。你到我屋里来!"

小苏老师猜到二玲子要去干啥。昨晚上,王校长已经把今儿的事,说给她了。小苏老师掏出钱,让二玲子用他的钱去买菜。他觉得,他能调走,是件非常高兴的事。晚上这顿饭,他该掏钱请客。

可二玲子不接,二玲子说:"王校长已经给过钱了。"

小苏老师说:"用我的钱,不要用王校长的钱。"

王校长家孩子多,还有个八十多岁的老母亲,生活是很拮据的。平时,阴天下雨,他都舍不得跟小苏老师搭伙吃顿饭。小苏老师怎么好叫他掏钱请他呢。可二玲子不接。

二玲子说:"你是要走的人了,今儿这顿饭,怎么说也不能要你的钱。"

小苏老师不让，拿钱堵在门口，非让二玲子拿上不行。要不，就不让二玲子出门。

二玲子说："那好那好，我拿上。"

可拿上归拿上，二玲子没用他的钱，也没用王校长的钱。二玲子自个带着钱哩。王校长发给她的薪水，她没舍得花几个。今儿这顿饭，二玲子要做东。

不要说小苏老师还送给她一条黄围巾，就说小苏老师平常手把手地教她认的那些字儿，懂的那些理儿，也该好好感谢感谢才是。

二玲子买了很多菜，包括鲜嫩的山韭、香菇和一条肥大的野兔。天没落黑儿，就鸡呀、鱼的，做了满满的一桌子。

坐等王校长和新老师的时候，二玲子怕小苏老师等得着急。就说："我给你唱支歌吧。"

二玲子经常唱山里的歌给小苏老师听。

可今天唱的如往日唱得不同。二玲子今天唱的是陕西民歌《走西口》，她先是轻轻哼着，哼着哼着，她就动情地唱上了——

哥哥你走西口
小妹妹我实在难留
⋯⋯⋯⋯
紧紧拉着哥哥的手
汪汪泪水扑沥沥地流
⋯⋯⋯⋯

唱着唱着，二玲子就泪流满面了。

那时间，正好东面山梁上，悄悄地升起了半轮新月，溶溶的月光，照耀着二玲子脸上的泪蛋蛋，不停地流呀流！

王校长也就在这时回来了。但他没带来新老师，带来了一个很不好的消息，新分来的老师临时改变了主意，说什么也不到这连山弯来。乡里文教

助理,让王校长回来,好好做做小苏老师的思想工作,叫他无论如何,再在这山里教上一年……

听到这个结果,小苏老师一下子愣了!好半天,一句话没讲。末了,倒头回屋里了。王校长和二玲子紧跟过去想和他说几句宽心的话。推推门,门被他在里面反插上了。

王校长在门外轻声地喊:"苏老师。"

二玲子低一声,高一声地喊:"苏老师,苏老师!"

小苏老师却"吧嗒!"一声,拉灭了屋里的灯。

二玲子拍门,大声喊:"苏老师!——"

小苏老师没有半点动静。

二玲子耐不住,倚在小苏老师的房门上,呜呜地哭了。

王校长一时也没了主张,昂脸望着东面山梁上冉冉升起的那半轮明月,长长地叹了一声:

"哎——"

# 海边有座红房子

一

暑假,小天戴副棕黄色太阳镜,穿一双高帮的运动鞋,背一鸭黄色的袋鼠包,耳朵上挂着"随身听",一路斜躺在客车的靠背上,伴着音乐,轻拍着大腿,哼着好听的歌儿去姑姑家。

小天的姑姑家在海边。

那是一个不大的海边小镇,如同一枚银亮的纽扣,牢牢地系在黄海湾那碧波万顷的衣襟上。一条穿镇而过的柏油路,如同一把黑色的剪刀,灵巧的把小镇一分为二。

路东,是小镇的过去。吊角楼、高门台,一色的青砖灰瓦,尤其是十字街口那个"三来门"的石牌坊,足以说明小镇历经沧桑。但它紧靠波涛滚滚的大海,接近海边的地方,新近又增添了一些现代化的娱乐场所,高高的滑水塔,一波三折的冲浪浴,还有专供孩子们戏水的金沙湾浅水滩……那是小镇近两年才开发起来的海边旅游度假区。

路西,一色的白瓷砖到顶的红瓦房。沿公路西去,是镇上早已规划好的,学校、卫生院、敬老院,以及镇政府,变电所什么的,也有成片的民宅,都是按镇上的统一布局建得井然有序。沿街的,一律是两三层的小楼,底层是各种海鲜馆、海鲜居,以及美容、美发之类的门面房。

小天的姑姑家住路西,虽不沿街,但也是两上两下的小楼房。

小天的姑夫在镇上当干部,姑姑是中学教师。

听妈妈说,要不是姑夫在镇上当干部,他们家是住不上两上两下的独家独院的。

妈妈说,姑姑他们中学盖大楼的时候,姑夫以镇政府的名誉,拨给他们中学很多钱。后来,学校分住宅楼,姑姑家就住上了两上两下独家院儿。

小天觉得姑夫蛮有本事的,起码比姑姑强,姑姑就知道教书。但,小天蛮喜欢姑姑的。前几年,大表姐读高中、上大学时,功课多紧呀,一看到小天来了,姑姑总是跟大表姐说:"带小天去海边玩玩。"

那时间,小天小,每回都是爸爸妈妈带小天来。

而今,小天长大了,大表姐也在外地工作了,小天不用爸爸妈妈送他,也能找到姑姑家;不用大表姐带他去海边,自己也知道大海在哪里。

现在,小天就是一个人走在海边的沙滩上。

小天在海边沙滩上,高挽着裤角,提着鞋,光两大脚丫子,专往海浪尖上踩。他觉得那样很刺激,等海浪扑来的时候,他会灵巧的一跳,浪头过去了,他的双脚再落到沙滩上时,慢慢后退的海水裹着滚动着的细沙,一同漫过他的脚面子,怪痒的,真有意思。

有时,还有小沙蟹什么的从他脚面上滚过呢!那样的时候,他若弯腰去捡。后面一个海浪打来,立马溅得他满身、满脸都是海水。

就这,他还觉得很好玩。

小天是早晨从姑姑家出来的,这会儿都晌午了,他还不想回去。直到肚子饿得"咕咕"叫了,才想起该回姑姑家吃午饭了。

等他从海边的沙滩上往回走时,忽而感到这正午的太阳怎么像火炉一样热。一时间,他感到十分口渴,想买根冰棒吃,望到海边的沙柳间,有一处尖顶的红房子。细看,还是两个连体的尖顶的红房子。

小天原认为是卖饮料、冰棒的,拿着钱走进去,才知道是一家贝壳店。呀,好多的贝壳哟!各种各样的都有,大的小的,天然的,被艺术加工过的;有粘起来的小狗小猫、小花篮,也有带着海泥的天然贝壳。但,大多数贝壳,都经过淘洗加工了,并涂上蜡,看上去闪闪放光。其中,放在正门口的一个大贝壳,足有洗脸盆那样大,那是天然的,贝壳上还麻麻点点地裹着海泥。

小天从来没见过那样大的贝壳,一时间竟忘了自己是来买冰棒的,目不暇接地看了好长一阵子,还用手轻轻地摸了两下。

忽而,一女孩从柜台里面探出头来,问:"买贝壳吗?"

小天一回头,见一个十五六岁的小女孩,留齐耳短发,穿一件海水蓝的无袖圆领衫,看小天的时候,一对水汪汪的大眼睛扑棱闪一下,扑棱又闪一下,她好像在想眼前这个小男孩会不会买她家的贝壳。

小天没说买,也没有说不买,小天说:"看看。"

那女孩知道他不买,低下头,蹲柜台里面不睬小天了。

小天认为她干啥呢,走近了一看,那女孩正蹲在柜台里面,摘一把翠绿的韭菜。

小天想,她们的家一定在这附近。但,他没去深想她怎样做饭吃。小天很有情趣地看那琳琅满目的贝壳,尤其是对那个放在门口大贝壳感兴趣,他觉得它要值很多钱,要不,怎么放在那儿没有人买去呢?

这期间,那女孩还不时地回头看小天了。但,只是偶尔瞥小天一眼,很快又转回头摘韭菜了。

小天想,我不会乱动的,你看什么看,好好摘你的韭菜吧!但,小天又想知道那个大贝壳到底能值多少钱,就冲那女孩的后背,问一句:

"这个贝壳多少钱?"

那女孩不知他问的是哪一个贝壳,拿一撮正在摘的韭菜,转过脸来问:

"哪一个?"

小天指门口那个最大的。

那女孩笑。

女孩说:"那是样品,展览的,不卖。"

小天轻"噢"了一声,心想:你卖,我也不会买,我要那么大的贝壳,怎么往城里拿。

小天问她:"那么大的贝壳,是从哪里弄到的?"

女孩笑笑,轻轻地摇摇头,说:"不知道。"随后,又低头摘韭菜了。

小天看那女孩笑起来挺甜的,就很想跟她说说话儿,便趴到柜台边,看着她的背影,问她:"还有比那个贝壳更大的吗?"

女孩轻摇一下她的短发,说:"不知道。"

这时,小天看她露出一段雪白的脖子,像面团一样白,很好看。仔细看,还发现她脖子的左边,紧靠着耳根那儿,有一个拐针头样大的小黑痣,要不是她皮肤白,还看不仔细哩。

小天不明白,她怎么在这里开店的?是暑假里来帮助大人做事?还是根本就不读书了?不过,看她那样子,不像是久做生意的人,没准她不会做生意。若真是那样,从她手里买贝壳一定便宜。

于是，小天想从她手里买个贝壳。他趴在柜台边左看右看，终于选定了一个拳头大的尖尖尾巴的海螺壳，问：

"这个多少钱？"

那女孩猛转起身，手里仍然拿着一撮韭菜，先是趴在柜台上看小天指的是哪一个。忽然亮开嗓儿，大声喊："爹！——那个花壳的海螺多少钱？"

小天猛愣一下子！心想：我是想从她手里买海螺，她喊她爹干啥，没意思！早知是这样，我还不买了。

喊声中，屋里出来一个穿背心的四十多岁的大胡子，那人瘦瘦的，挂一副白塑料边的眼镜，手里正拿着乳胶瓶和几个准备粘到一起的贝壳。看他手上、指甲上的灰不拉几的油漆和乳胶，你就会想到，他在屋里搞贝壳加工的。

那大胡子出来，先没有问小天买哪一个贝壳，他跟那女孩说："你洗菜去吧！"

那女孩没有说啥，应声拿韭菜去屋里了。

这时候，那个大胡子，也就是那女孩的爹走过来，问小天："你要哪一个贝壳？"

小天看那女孩走了，几乎是打消了买贝壳的念头。但，他爹已经走到跟前了，又怎么好转身走开，小天很不情愿地指了指他要的那个花壳海螺。

那大胡子伸手从柜台里拿出来，说："给六元钱吧。"

小天支吾了句："这么贵呀！"

"这还贵呀？！都是这个价。"

小天没吱声。

大胡子问："你给多少钱？"

小天想：算了，我把价格使劲压低，他不卖，就拉倒。反正我也不想从他手里买海螺。

小天说："五角钱卖不卖？"

那大胡子冲他一瞪眼睛，猛挥手，说："去去去，你根本就不想买。"随手把那花壳海螺又放回柜台里面,不睬小天了。

小天想,不卖才好哩!

但此刻,小天很没意思地走出那家小店。

出了小店,小天才想起刚才是来买冰棒的,抬头望到不远处的一把红黄绿相间的太阳伞,心想,那太阳伞底下应该有卖汽水、冰棒的吧。

小天疾步奔过去。

## 二

第二天,小天在姑姑家闲着没事,又想起海边红房子里那些贝壳和那个穿海水蓝短衫的女孩。

小天觉得那个女孩还是蛮有意思的,她不怎么爱说话,一笑起来还有俩酒窝儿,仔细看,俩酒窝还不一样大。右边那个酒窝能贴住硬币,左边那酒窝,不认真看就看不到了,真奇怪!

小天很想再去买她的贝壳,很想再去看那女孩。反正在姑家待着也是待着,干脆去海边玩吧。

这一回,小天再到海边,他老远就注意到海边那座红房子。他想:那女孩的爹不在家该多好。他挺凶的!

小天不想见到那大胡子,他只想见到那个穿海蓝圆领衫的女孩。那女孩比她爹好,那女孩一说话老是笑,不训人,不像她爹那样,赶他"去去去!"

他真想从那女孩手里买个贝壳带回城里去,那样,他看到贝壳时,没准还会有很美好的回忆呢!起码能记得是从那女孩手里买的。但,小天弄不明白,他要买她贝壳时,她喊她爹干啥,要多少钱,给你多少钱就是了,真是的。

现在,小天已来到那红房子附近了。但他不想马上进去。他在观察那红房子里,到底是谁在柜台边。

要是那女孩的爹在柜台边，他转身就跑开，他才不愿见到他哩，挺恨的！

要是那女孩一个人在就好了，他想买她的贝壳，还想跟她说点什么。

说什么呢？

说他是城里来，那贝壳便宜点卖给他吧。噫，不能不能，那样会叫她瞧不起的。

哪说什么？

问她是什么地方人，在海边卖贝壳多久了，过了暑假还上学吗？她能告诉小天这些吗？

小天胡思乱想着，并在那红房外面，过来过去地走了好几趟，初步断定就那女孩一个人在房里时，便壮着胆子进去了。

当时，那女孩正趴在柜台上打瞌睡，见小天进店里来了，忙支起身，下意识地理了一下额前的刘海儿，扑闪着一对水汪汪的大眼睛，上一眼，下一眼打量小天。

小天认为她能认出他昨天来过了。但，那女孩好像没有印象了。

小天想，没有印象也好，那就装作初次登门，东看看，西瞧瞧，一连还问了好几种贝壳的价钱。那女孩也不生气，一样一样给他报着价格，只是报出的价格都很贵，比昨天他爹要的价格还贵。

小天感到很奇怪，故意指着昨天问过的那个贝壳，问：

"这个多少钱？"

那女孩脱口而出："十元。"

小天没好说，昨天他爹才卖六元钱，今天怎么卖十元了。小天哪里知道，那女孩的爹有交代，凡是来买贝壳的，先要把价格抬上去，至于客户给多少钱，那是客户的事。小天哪懂得这些，他只是轻叹一声，说："怎么这么贵呀！"

那女孩看他拿着钱，料定他是真想买，就问他："你给多少钱？"

哪知，小天没跟她还价儿，把十元钱往柜台上一放，说："包包吧。"

067

女孩愣一下！心想，我问你给多少钱，你怎么不还价格呀？但，她很快把那钱收下了，不声不响地从柜台里面拿出一个大小适中的小纸盒，把那个拳头大的花壳海螺放进去了，随用粉色的塑料纤维绳，横一道，竖一道地系紧了，末了，还打了一个蝴蝶结，拎起来试了试，便递给小天了。

小天拎着那包好的海螺，还不想走，好像他还要买别的贝壳似的，东看看，西瞧瞧。还问那女孩："来买贝壳的人多吗？"

女孩说："有时多，有时，大半天也不来一个人。"

小天轻"噢！"了一声，说："你家这些贝壳从哪里弄来的？"

女孩说哪里来的都有。但，多数都是爹从海边捡的。

"海边也有这样的海螺？"小天指着他手里拎的那个。

女孩说："有呀！你不是本地人？"

小天说："我是来走姑家的。"小天告诉那女孩，他的家在城里。

那女孩问小天："你们城里离大海有多远？"

小天说他们家到海边有三百多里路。

那女孩问小天："你们那个城里，通火车吗？"

"通。"

"通飞机吗？"

"通。"

"你坐过吗？"

小天摇头。

"你怎么不坐呀？"

小天不知怎么莫名其妙地冒出一句，说："太危险！"

那女孩扑闪着大眼睛，说："是吗？"

接下来，他们又说了很多话。

小天问她的家在哪里？

那女孩说："在山东。"

"在山东？"小天看着那女孩问。

海边有座 红房子

那女孩冲小天点点头。

"这房子是你们家买的?"

女孩摇头,说:"租的。"

"租的……"小天好像还要问她什么,这时间,又有客户进来了。

小天独自站了一会儿,想客人走了,再跟那女孩聊聊,可后面又陆续来了好几个人,小天便跟那女孩打了个招呼,说:"我走了。"

刚出门,呼听那女孩在他身后轻"哎!"了一声。

小天还没弄明白她是不是喊他呢,那女孩却拿着三张两元钱的纸币追出来。

"干吗?"

小天一脸的不理解。

那女孩脸一红,说:"收你四元钱就行了。"

"干吗?"

那女孩说:"我说十元钱,是骗你的,收四元就行了……"那女孩说,平时都买四元钱。

小天笑着说:"算了吧!"

可那女孩硬把钱塞到他手里了。


三


往姑家走的路上,小天一想起那女孩,就觉得蛮有意思的,还主动退给他六元钱,真够诚实的。好玩! 小天想:下午没啥事时,再去找那女孩。

可吃午饭的时候,小天的爸爸来电话,说下午单位有辆顺便车过来,要把小天接回城里了,让小天下午不要到处乱跑。

听到这个消息,小天一根鱼刺吃到嘴里,差点卡到喉咙上。

小天不想走。

可爸爸已经说来车接了，又怎么好说不走呢。

无可奈何，只好走了。

回到城里，小天把那个海螺壳放在书桌上，每天晚上写作业时，他都能看到它。有时，还要想那个女孩一阵子。尤其想到那女孩跑出来退钱时的情景，她脸儿红扑扑的，还有点不好意思哩！真让人难忘。

有一段时间，小天怕想看那海螺、想那女孩影响学习，故意不去看它，甚至把它拿到床头，放在床底下的盒子里。可过不了几天，他又想拿出来看了。有几回，他还学着那女孩给他打包的样子，把那贝壳重新包起来。那女孩打包用的纸盒、线绳，他都完好无损地留在抽屉里了。但，他怎么包，也包不出那女孩包出的样子，尤其是那女孩系的那个蝴蝶结，他打了几次都不像。

小天想，寒假里，不，是国庆节。再去姑姑家时，一定去找那女孩，让她专门教他打蝴蝶结。

当然，他还要带个小礼品给她，比如贴花纸，或是带好看的发夹什么。小天看他们班上的女同学戴的那种蝴蝶夹就不错，到时，给那女孩带上几个，她一定会高兴的。

小天还想，万一到时，我带给她礼品，她不要；或是她要给我钱怎么办？小天拿定主意，她要是那样做，他就把她退给他买海螺的那六元再给她，看她能接收？！有了这样的想法，小天就盼望着国庆节去姑姑家。

可真到了国庆节，爸爸妈妈又要去黄山。当时，小天还鼓鼓嘴说："黄山有啥意思，去姑姑家多好！"

可爸爸妈妈没有理睬他，收拾收拾东西，就领小天去黄山了。

路上，小天还问爸爸："我们早点回来行吗？"

爸爸说："干吗，你要干啥？"

小天没好说他想去姑姑家，小天说："我还有作业呢？"

爸爸说："你早说呀，早说就叫你在家写作业算了。"

小天知道爸爸是损他，头一拧，说："才好哩！"

可爸爸妈妈哪里知道，小天想去海边看那个女孩子，他发夹都买好了，

海边有座红房子

正放在他床头的褥子底下。

小天想,如果从黄山回来得早,他还要去姑姑家。

哪知,黄山上下来后,爸爸妈妈又带他去苏州、无锡了,等玩了一圈赶回家时,正好也要开学了。

没有办法了,小天把他买好的两个夹子重新换了个"安全"的地方,期待春节早早来临。

这期间,小天曾想给她写封信,忽而感到很好笑,到现在,连人家的名字都不知道,怎么写?写给海边红房子里那个女孩收?海边红房子多了,她能收到?

哎!还是等春节吧,从城里到姑姑家怎么那么远呢?要是十里八里,或三十里四十里的多好,那样,星期天都能跑一趟。

慢慢地天冷了,班里很多女同学都穿红的绿的白的羽绒服了,小天想,那女孩,也该穿些厚点的衣服了,若再穿着那海水蓝的短袖衫还冻死了……这样的事情想多了,他又觉得很好笑,他经常问自己:小天呀,小天,海边那女孩,是你姐,还是你妹?你关心她干什么?她不就是少要了你六元钱吗,值得你这样去想她吗?还给人家买发夹哩,你羞不羞?你傻不傻呀,小天。

可不管怎样,小天还是觉得那女孩有意思,想见她。

小天为了知道他何时去姑姑家,他还有多少天能见到那个女孩,他还把寒假到来的日子采用了倒计时的办法,一天一天"画"着过。等"画"到最后一天时,他高兴地把那张倒计时的纸片一扔,大呼一声:

"噢!明天去姑姑家喽!"

可当小天真的来到姑姑家,来到大海边,再去找那红房子,哪里还有那女孩的影子哟!

小天不知道,冬季,是海边旅游的淡季,几乎没有人到海边来,那红房子里早已人去房空了。

当天,小天闷闷不乐地返回姑姑家。

第二天一早,小天就跟姑姑说,他要回城里过年了。

返城的客车上，小天想了一路。明年夏天，那女孩还会在那红房子里卖贝壳吗？

# 秋天过去的时候

曹贵大叔从村子里出来的时候，一轮明月正从对面沭河那头的树林上升起，把清幽皎洁的光影，投在河堤浓黛幽幽的丛林；投在沭河两岸收割了的、空旷而宁静的水田上。映出茫茫一片银白。

一只夜宿在田埂上的水鸟儿，远远的"嘎"地一声叫，倏忽掠过河堤，飞往那一边更为空旷的水田……

这使曹贵大叔又想起了他那远在徐州青山泉小煤窑上工作的宝贝儿子华子。

当初，村里一块上学的十几个，就他曹贵的华子读书进字儿，从西库读到北桥店；又从北桥店读到县一中。怎么就考不上大学呢？曹贵大叔至今没有弄明白……还好，也就是那年秋后，上头给了一个小煤窑的指标。孬好是个工人。曹贵大叔拍板定案，打发儿子去了。没想到事后，村里一批党员联名告到乡上。目的，就是要借此机会，把他这个坐了十三四年的支书给弄下来。

"行呀，我把支书让给九更。"

上头来人做工作，他很慷慨地让位了。只当个一般的支委。

那九更是什么人？别看他年岁和曹贵大叔差不了多少。可人家三年前，就披上了雪花呢大衣。还有那裤、褂，那围脖，那双到乡里开会时擦得雪亮的皮鞋。早就不是庄稼人的模样了！

话说回来，碗口大的小村，筷子样长短的小街上住着，谁还不清楚谁的根底？还不是沭河沿上那三十亩山楂林帮了他。小村里这就装不下他啦！那可是曹贵大叔领乡亲们，光着脚板从山东日照拉回的苗儿……五年前见果啦，九更一纸"合同"，包去了！

曹贵大叔看不惯这一套。可他信服九更有胆识。比如，眼前的这个小电站，他曹贵执政十几年，愣不知道这沭河的水可以发电！

现在，曹贵大叔就是要去小电站上看看，今晚怎么各家电灯光亮没了？

要是平常，他可不去过问这类事情。因为，那管电站的，就是九更的小儿三旺。可今晚上，曹贵大叔的小院里要进砖、瓦，下傍晚，他就把灯泡扯挂到当院的小槐树枝上了。

半月前，曹贵大叔接到儿子一封信。开口说什么：他在矿上交个了个"女朋友"。准备春节带回家过年。

老两口一合计，这城里的"女朋友"，敢情就是俺乡下未过门的媳妇哟！要不怎么能带回家过年哩！老伴儿理顺了这层理儿，激动地抹着泪花说：

"华他爹，你看俺这破屋，能进新媳妇吗？"

曹贵大叔含着烟袋蹲在门槛儿上，说：

"能！不是一家人，不进一家门嘛。"

他嘴上这样说，心里却并不踏实。儿子是在秋天过去的时候，给老子来这封信的。并且单单强调要带着"女朋友"米，这不就是提个醒儿，让家中好有个准备嘛。

怎么个防备法？

是割上10斤枣红的肉，还是买上两条上好的鱼？显然不是这些，这样的事情，现来现办都成。

那还防备什么？

难道真是房子的事？嗯！要说这秋后的光景，还真是盖房子的好时机……这个小兔崽子，跟他亲爹也打哑谜。

好！盖房子。

这个主意一拿定，曹贵大叔就跟老伴儿盘算：不盖九更家那样的小楼，爬上爬下的不方便。就盖三间带走廊的瓦房。然后，再搭上两间小西屋。逢年过节，儿子、媳妇来了。老两口搬到小西屋住。把堂屋让给儿子和媳妇住。

这事情，曹贵大叔是在前天晚上的支委会上说出来的。大伙都赞成优先把老书记投资建电站的三千元退给他。九更没说不同意，可他摆出秋后要在小电站上游挖个储水坝。并说，那样小电站就兴旺了。到时，还可以办个电动加工厂什么的。

曹贵大叔头一个站起来反对，理由是建电站时，全村人豁出血本集资，说是一年后还清。现在，都过去三四年了，连五分之一都没有兑现！接下来，再搞什么储水坝。这事情，放在"大集体"那会儿行，大伙儿一听"河工"来了，都抢着争着去吃白米饭。而今，动不动没有票子哪行？

九更自觉在电站投资上对不住乡亲们。可曹贵大叔哪里知道，正是为了这个，使九更这几年山楂园的收入都搭进去了。

行呀！不挖就不挖吧。九更让步了。

当天晚上，也就是村小学下晚学以后，村会计用报纸裹了三千元钱，走进曹贵大叔的家。曹贵就手点出一千，让会计转到村窑厂的账上，并说死了口，今晚上，砖、瓦送到门上。

偏巧没电。

是小电站机器出了毛病，还是沭河的水流儿断了线？

吃过晚饭，曹贵大叔蹲在当院的小槐树下猜忖了好长一阵子。这才深一脚、浅一脚地摸到小电站上来……

不对呀！

海边有座红房子

河水哗哗地流淌,机器也在嗡嗡地转动。怎么就没有电?一摸门,锁着。

噫!闸刀没合上。

这个三旺呀!这样的事情,他不是一回啦。

上天,村里来电影,全村人都坐好等他送电。他愣是跑没影儿,九更一来火,派人把门锁给砸了。

今晚他曹贵也能砸锁?显然不能。

曹贵大叔摸出烟袋,蹲在河堤上,凝望着前面的村子和通向村子里的路。等三旺。

那是一条年轻的沙路。早年路基是一条古老的盐工小道。随着小电站的落成,路面拓宽。拖拉机、大卡车,全能撒着欢儿呜呜地跑。还是九更有远见。

不知不觉,烟包里空了,地上已磕下一堆烟灰。三旺还是没来。不行,我得去找。

这就是三旺的不是了,仗着他爹的权势,整天吊儿郎当。否则,随便换他哪个,也不敢这样不负责任。

曹贵大叔一时心焦,下坡时没留神儿,差一点磕倒。幸好抓住了一棵小树。

来到九更家,大门外已聚集了一堆人。都是盼电的。

"三旺在不在?"

曹贵大叔冷板着脸,问大伙儿。

"在!"

"刚从外面回来。"

"…………"

顿时,曹贵大叔气不打一处来。"嘭嘭嘭嘭!"拍大门,气狠狠地喊:

"三旺!三旺……!

三旺不知打哪里喝足了酒,喊了好半天,这才前张后哈地把门拉开。然后,又揪眉揉眼地张开大嘴巴打了一个呵欠,满不在乎地问曹贵大叔:

"耽误你家拉砖瓦了吧？"

曹贵大叔本打算教训教训他。可当着这么多乡亲，考虑到他爹的面子，话到嘴边又咽了回去，改口说："把钥匙给我。"声音不大，却是很严厉的。想必，三旺喝成那个熊样，今晚是不能走到二里以外的小电站了。

可三旺呢？他不吃这套。他对曹贵大叔有成见。当初，小煤窑的那个指标，是他姑夫在县上费了很大劲要给他的。没想到半道上曹贵霸给他家华子了。这会儿，曹贵大叔逼他交钥匙，难听的话，顺口就来了。他质问曹贵：

"要钥匙干什么？想罢免了我，让你家华子来？行呀，我正想跟他换换啦！"

"你……"

"我怎么啦？"三旺把话接过来。我们谁也比不了你呀，悄悄地领回了小电站的集资款……"

这一来，触到了曹贵大叔的痛处。在场的人也都大吃一惊！

当初，小电站集资时，曹贵大叔带头押了三千元钱的票子，而今集资户的心里，早就毛毛的啦！

"老书记，俺家的集资啥时候给俺呀？"

人群里，立马有人提出了这个问题。

"对呀！按'合同'，有老书记的，就该有我们的。"

"…………"

顿时，大伙儿把曹贵大叔围起来。这当儿，九更拉门出来了。看样子他已经睡下了，敞着怀，就手摸过门旁一根扁担，朝着三旺打来了，骂道：

"你这个鳖羔子，我叫你整天不归家！"

好些人，一齐上来抱住九更，拉走了三旺。

"快去送电！"

九更被人抱住，还跳着脚，冲门外的三旺高喊。随后，从衣兜里掏出"大运河"，前前后后地扔着、递着。还没挨到曹贵大叔呢，外面"喷喷喷"地响起手扶机子声。接下来，有人抹着汗水，扒开人群来到曹贵大叔跟前，说：

"砖瓦来了。"

曹贵大叔双眉一拧,蹲在地上半天没有回话。九更当下派了几个人让去卸车。

曹贵大叔猛起身,说:

"不用啦!"

随后,他走到九更跟前,压低嗓音,说:

"房子我不盖了!"

说完,转身就走。

九更跟在他后面连唤了两声,他睬都没睬。

曹贵大叔不想在这个时候,让那三旺戳他的心窝子,他要把那三千元钱退出来,按九更的意图,和大伙一道,在小电站上游建个储水坝。

············

第二天,太阳升起的时候,曹贵大叔和九更早已爬上了沭河大堤。最初一缕阳光照射到小电站上的时候,他们已经选择好了储水坝的位置。

就在这年冬天,储水坝挖成了。年底,又建了一个电动加工厂。很快,见到效益。

不能作美的是,这年春节,曹贵大叔的儿子,在矿上结的婚。新媳妇连家门都没登。

大年初一吃饺子,老伴儿瞅儿子、媳妇没在眼前,一个饺子咬了半截,泪水嗫里啪啦地掉下来!

曹贵大叔,虽说还是像往常那样忙前忙后的,但是,话却越来越少,人也不如从前精神了。

人们都说:老书记近来变得苍老了!

第三辑

*Qing Shi Zhen De Xia Tian*

青石镇的夏天

# 喜礼

　　裕平在屋里乱翻腾的时候，女人就知道他是找喜簿子的。但女人没有吭声，女人只管埋头坐在门口那方斜斜的晨光里拣簸箕里的米。

　　米是机器碾的。原本不用拣，簸簸糠皮就中。可裕平家的稻子入夏时没有使上肥。碾出的米里，尽是稀稀拉拉的瘪谷。

　　那时节，女人躲在娘家生二胎。村干部三天两头上门逼裕平把人交出来。裕平不交，裕平说女人走时没对他讲。村干部说他胡扯，限他日期。真到了交人的日子，裕平自个也锁上门跑了。

　　整整一个夏天，裕平眼看人们欢呼着扛着化肥袋往自家田里抢着追肥。自个却在外头躲躲藏藏不敢回村。

　　一群鸡，高昂着脖子，探头探脑地盯着裕平女人簸箕里的米，眼馋得咕咕怪叫。

　　裕平女人"欧失！欧失！"地喊呼，瞅都不瞅屋里桌上、床下四处翻腾的裕平。

　　"喜簿子呢？"

　　裕平手拖着一根推磨棍，缸缝里戳戳，旮旯里掏掏，自言自语地找喜簿子。其实，那是想问门口拣米的女人的。

　　女人呢？装不懂！埋头簸箕里，大半天拣满一把瘪谷，恨恨地扔到院子

海边有座红房子

里,招惹得鸡们扑打着翅膀往院子里奔。

裕平走近女人,又问:

"俺家的喜簿子呢?"

女人白他一眼,反过来问他:

"你放哪儿了?"

裕平说:"我搁抽屉里的。"

女人说:"那你就去抽屉里找!"

抽屉,早成了孩子们推拉的玩具。

裕平听出女人是损他的话,站着没动。女人这就心软了,没等把手里的瘪谷拣满,便抬头往梁杈上剜了一眼。

其实,已用不着看喜簿了,烧早饭的时候,裕平妈专门来告诉了西街和顺家的喜事都要去。

当时,裕平女人就不依,说:"还用都去呀!"

裕平妈说:"怎么不用都去?"

裕平女人说:"大哥家去了,就代表俺啦!"裕平妈说:"那哪行!成了家,就是一个门户。你和你哥嫂都要一样才对!"

大哥闺女、儿都大了。大哥钻精,做挂面卖,每天小院里都晾着白白的一片。赶上集日,大哥前边拉,嫂子后边推,天不亮就在集上拉开了场子……小日子肥得流油!

裕平倒好,光个二胎,就被村上罚去三千八百多。落下的账,指望裕平,八辈子也还不清。

大哥也是的,明知裕平日子紧巴,不设身处地帮帮也就罢了。每年秋后,都要择一晴朗的日子,和裕平相互攀比着往娘屋里抬粮食。而娘又瞒着大哥,半夜里叫裕平再扛回一半去。尽管这样,裕平家的粮食还是不够吃,架不住他不断地卖。

裕平把喜簿够下来,斜倚在门框上,一页一页入神地看。

结婚时,谁送了多少钱和啥贵重的东西,都记在上头,分家时,妈把这个本子交给裕平,说这是裕平的喜簿子,拿去将来好对照着还人家。当场,裕平女人就扯了裕平后襟一把,暗示他不要接。裕平怕妈看见,猛把女人的手拨弄开。过后,裕平做女人的工作,说:

"不接哪行,这都是往来! 成门立户过日子,谁家没有……"

这些年,裕平每逢遇到要喜礼的事,都要把喜簿子拿出来看看,事先想办法弄钱;弄不到钱,就全指望卖粮食。

裕平爱面子,物价上涨了,当初人家送来几元钱,他总要在人家的基础上再加上几元,于是,缸里的粮食就下得格外快。

裕平女人吃不住了! 要是依她,好多亲戚干脆就不走动了,走动不起了!

裕平不答应。裕平说:

"那哪行! 我结婚时,人家都来了。"

事实上,有些亲戚已是几辈子的事啦! 街上照个面,都弄不准到底称呼啥。赶上红白喜事,又近乎上了。实在没多大意思。

裕平不是不懂得这一层。可几辈子行下来的,到他手上,又怎么好断呢?

裕平女人把拣好的米装一蛇皮口袋。裕平瞅瞅太阳,转身去门后小瓦缸里摸出个煎饼,包棵生葱,歪着头,边吃,边背起米袋往外走。

院子里,正拍打身上糠皮的女人,猛不丁地喊住他。

女人说:"今天不是集日你知道不知道? "

裕平煎饼停在嘴里,瞪两大眼痴呆呆地看女人。

女人说:"不知道,你瞎闯什么! "

女人告诉他,去城关。

城关有一家粮店,没有当年的新米。不少人买出陈米,再贴上些现金,和乡下人换新米吃。裕平和裕平女人都去换过。但今天用钱急,米的数量又少,女人指着米袋告诉裕平:今天这米只能卖,不能换。要是换,光凭贴补的钱数,就不够喜礼了。

海边有座红房子

裕平说:"我知道。"

来到城关,裕平抄着手,坐在粮店门前的水泥台上等人买米。可过来同裕平讨价的,都是换米的。因为人家城里人拿供应粮换新米,比单独买便宜。

整个一个上午,裕平一粒米也没卖掉。

过了晌午,买粮的人本来就少。偏偏又起风了!

开始,裕平瞅街口草叶、花糖纸什么的随尘土漫卷,还认为是刮鬼风哩!紧缩着脖子想挨过去。没想到,后边的风更猛,上来就揪对面小店屋背上的茅茅草……

裕平知道糟啦!这风,一会儿半会儿没个停。大风天里,谁还来买粮食?

裕平把米袋竖在台阶上,自个抄着手跑进对面小店里避风。有过路的,裕平就探探头,指望人家会问价、会买。可先后过往很多人,都被风吹得侧着身子、眯着眼走了。没一个留意他台阶上的米袋子。

眼瞅时候不早。和顺家的喜席也该坐过三茬啦!可裕平的喜礼还在风口里吹着。再不抓紧,过了今天,就不好上门了。

裕平实在心焦! 真想扯开喉咙,冲街上大声呼喊:

"新鲜的大米便宜喽!"

但他几次走到街上,又都缩回来。张不开口。

后来,一群小学生,背着书包从大风里欢呼着跑过。裕平估摸天色已晚,即使当下卖掉大米,也难赶上和顺家的喜席!尽管这样,裕平还为一线希望而期待着大风里每个过往的人……直到粮店上锁,镇上家家户户掌灯的时候,他才摇摇晃晃地扛起那袋大米,眼前黑黑地往回走。

路上,风渐渐有些小。裕平的肚子却咕咕叫唤起来。他后悔,早晨出门时,该多吃几个煎饼,不该故意留着肚子,等去和顺家吃喜席。

# 落雨

## 一

小镇上，唯一的一条街，无可选择地伸向了火车站。

站，同镇一样，很小，却异常热闹。各路生意人夹道在出口两旁，营候着自家生意。

小镇上人，不知从哪天起，发现这地儿似乎是个妙去处。能买到可心的用物和食物，能看东西南北大地方小地方各处来的过路人，听他们说这腔那调儿不同的话语，不能说不有乐趣。于是都来，于是，这地方异常的热闹。

清早，人们抹着眼屎，夹着各式包包和兜儿赶来。附近，那些小媳妇，干脆蓬松着头发，趿着高高的花拖鞋，来选购她们各自家中所需要的鱼、肉、菜、果之类。

买主看中了这地方，卖主更看中了这地方，这儿销路好，这儿能发财。眼下不同从前，发财是光荣而又体面的事。

今日，果果的红果摊上多了位收钱的。看那人，细皮嫩肉的怪白净，瘦，且略略有一些驼。他倚着旁边的报刊亭，揣着手，耷拉着头，好像刚才多给谁找了钱！

"嗳，又不是去学校，这包儿不能只挂在肩上。"果果放下手里的秤，给

那人拍打了身子，扯平了衣角。极温和地说："来，把带套在脖子上。"

"行了，行了！谁不知道，用你说。"

那人不耐烦地拨开了果果的手，极不情愿地将那个奶白色的小包儿套在了细白的颈上。

那是个妇人用的包儿。小巧、别致、看去挺雅。往天，它总是套在果果的脖子上。今日，物易其主了。

果果歪头瞅瞅他，见是一副委屈不情愿相，不由扑哧一笑，露出一口魅人的玉齿："我的秀才，别太难为，这做生意不比那教鞭难练；头回生，二回熟，过两日就会好的。嗯？！"

男人没抬头，两腮肌肉抽动了两下，苦笑着没有吱声。

这当儿，赶早的人们已经三三两两地围上来了。果果一蹭男人的肩，小声说："嗳，眼睛灵活点，小心走了份子！"说着，她往男人身边一倚，眯起眼，样子古怪地盯着对面那个红果摊儿。

同行是冤家。

果果的摊儿对面，是明玉小两口的。往天，人家卖一筐，她果果卖不了半筐。一个人哟，又招呼，又看秤，还要收钱找零头，卖一份得小半天。本来果果的红果就不如明玉的好，这一来就更卖不出多少了。眼睁睁地看着一把一把的票儿往明玉口袋里进。果果觉得窝火死了！因为眼红别人，难免生出妒忌。平日里，果果的心里老是酸溜溜的，总像吃了一颗没有熟透的红果儿。

现在可好了，搬来了喝了几年墨汁的丈夫，不信卖不过他明玉两口子！昨儿个，在小学校里，是她果果在众人面前抓过丈夫姜文安的笔，给校长签了安，扛着丈夫的铺盖卷回来的。一路上，她身松脚轻，孕着三个月的身子，还拉下文安一大截子。文安跟在她身后，亦步亦趋地往家挪，一副打了败仗的俘虏模样。果果才不管哩！临睡，她对文安说，咱再也不当那烂教书匠了，搭了工夫还受穷！咱以后好生卖红果，好生做生意，咱们也能发财！信不？我果果信！文安你答应啊！文安你点点头文安你……

文安诺诺地应着，心绪烦乱。果果心里却乐开了花，仿佛又做了一次新嫁娘！夜里,她还做了一个梦,梦见文安在山楂林那条玉带河里给她撩水搓背。到底是拿笔杆子的手,又嫩又软,真舒服!

果果醉了。醒来,才知道是个梦。先是有点懊丧。可转脸看见身边躺着的文安,又不由地笑了。和文安一道去卖红果,这是她盼了多久的呀! 如今成现实了,还有什么不喜欢呢? 想到这儿,果果又美美地乐了。

这不,一大早,果果就不容分说,硬是把她那在小学校里做"民办"的文安拉到这小站上了。

唉,女人啊!


## 二


"买红果吃类。"明玉吆喝起来。

果果眼一瞪,立刻也高声地喊起来:"识货的,这边看,刚下枝的红果,个个皮薄、肉厚、核种小,吃起来清爽可口,酸溜溜的甜嘞。"

真是,明玉摊上的几位买主立刻被吸引到这边来了。

明玉微微一笑,并不在意。

文安却有点不自在了:

"嗳,你别太……"

"咋? 这种钱不抢白不抢! 这是本事! "

"…………"

说起来,明玉和果果,不但是摊儿对着摊儿,两家的山楂林也仅仅是一河之隔。河东,是明玉的;河西,是果果的。说起她俩,从前还有段故事哩。

那一年,西河洼小学又多了一位小老师,个儿高高的,白白的。这在西河洼的姑娘中无疑又多了一个新的话题。听说那小老师姓姜,是镇上三合中学的刚毕业,今年才十八岁……

姑娘们上地里干活时,路过小学校谁敢放肆地向小学校的门窗上瞟一

眼,立刻就会招来同伴的取笑。

那次,出工回来,明玉有意无意间朝小学校瞥了一眼,马上有人嚷了起来:"哟哟!你们看哩,明玉的眼朝那儿瞅呀,都要直咧!"

姑娘们咯咯地笑了,笑声在风中荡开了去,悠悠地一直飘送到小学校那儿去了。

"瞎说,瞎说!"明玉红了脸,"我是瞅果果家那棵水蜜桃哩,你们瞅,那一树桃花多艳啦!"

"呵呵,鬼精的拿蜜桃打马虎。"

"就是,喜欢就喜欢呗!"

"放心,没人跟你抢!"

"去去,谁说谁才想!"

明玉竭力分辩着。

其实明玉对那小老师,是有那么一点意思。可是,明玉不敢,明玉怕,她怕人家看不上。

一日,明玉和几个姑娘在河边嬉笑着洗衣服。那个小老师也来洗衣服。

姑娘们不知他是何时来的。等有人发现了小老师,就有人戳明玉,让她去帮小老师。

更有大胆,直接喊着明玉:

"明玉姐,帮帮人家呀!"

姑娘们噗噗地笑了:"对,明玉姐,你没瞧人家那手,是洗衣服的吗?"

坏丫头们推啊嚷呀叫的,硬是把明玉推到了小老师跟前。

小老师脸红了,明玉的脸也在发烧。小老师的才华、风采、所懂得的道理真是多么叫人迷恋!如果能嫁给这样的人,一定是顶好的……

这晚,明玉在桌前扒了几口饭,把筷往桌上一推,抓起一块煎饼钻进里屋去了。镜子前,她洗呀,搓呀,着意打扮了自己,最后脱下那件下地穿的格布衫,换上换上了粉色的,平日里舍不得穿的的确良褂子,和娘说了声:"大队开会去。"就向学校奔去。

哦！月盘太圆了，月光太明了她愿意今黑的夜空有云片，有雾起，她怕给人瞅见。于是，她壮起胆子，悄悄地穿过果果家门前的那个清水塘，忐忑不安地走进了小学校。

远远地，她看到小老师正在改作业。那小窗上有他的头影，那样儿很动人，她想进去同他说说话儿，又怕打扰他。她站在窗前犹豫了。她想就在外面待会儿，天热，说不准他会出来凉快凉快，那样他们就可以偶然一遇。

可是，小老师让她失望了，她在外面站了很久很久，可他始终没有出来。回到家，她难过地哭了。她真恨自己，她觉得自己真没用，喜欢他为什么不可以去找他？

闷热，月晕。浓重的黑云在半空中急遽地奔走。星星已不像往日那般在河里快活游泳。明玉第二次走向了小学校。这次离上次之间整整相隔了半月之久！一捂再捂的情感已不能再膨胀，满心的爱恋与思恋达到了绝对饱和！这次，她一定对他说！

但是，她撞了锁。

落雨了，可她下决心等他。

哦，他回来了！透过细细的雨丝，明玉看见了远远的他在向回疾走。明玉的心跳猛地加快了。她刚想跑过去迎他，突然目住了。不！还是等他走来吧。她要在一切未发生之前这短短的一瞬再想一想，再有片刻凝思。她突然怀疑起自己：我真能使他感到需要，感到幸福吗？他读过那么多书，也许应该有更好的人来配他……她心中一阵悸动，不由闭上了眼睛。当她睁开眼，惊慌地准备迎接那甜蜜的时刻，却猛然看到了一个熟悉的影子在眼前急晃了一下，便飞奔着朝那个自己等了很久的目标追去。

哦！是果果。

明玉的心像被无形的手猛地揪了一把那样痛！意识突然启迪了她，她像明白了什么似的，迅速躲到了房子的一角。

她看到的最后一幕，是小老师和果果顶着一个蓑衣在风雨中走回了小老师的宿舍，看到的是那她凝眸注视过很久的小窗上，映出了两个身影……

果果分明是在夺人之爱。

姑娘们都在愤愤不平,她们真心希望小老师能属于她们的明玉姐! 不然她们怎么会在河边撺掇明玉给小老师洗衣服?

"明玉姐,你真傻! "

"明玉姐,你真软蛋! "

"明玉姐,小老师是你的,去夺回来! "

明玉默默地摇摇头,默默地承受了这一腔爱的洗劫之苦。她和小姐妹们解释:只要是西河洼的姑娘,哪一个爱上小老师都该是件值得庆贺的事。

小老师娶果果的那天,明玉还去给果果做了伴娘哩! 姑娘们都说,明玉姐的心比咱玉带河里的水都清,比水里的月儿都润。她们无不在心中对明玉又生出一份敬慕!

可是,明玉的心是苦的。思恋得那么苦,等待了那么长久,那短暂的幸福甚至都没来得及品尝一下就消失了。能不苦吗?

后来,渐渐地随着日月流逝,这苦淡了,这梦远了;再后来,她嫁了,是在果果嫁给小老师很长时间才嫁的,嫁给了在县化肥厂当临时工的春生。

土地承包后,春生就辞了化肥厂的差,帮着明玉侍弄红果了。而果果,丈夫依然在小学校里做"民办"。"民办"那么久了,还是不给转,整日跟一帮孩子打缠缠,一月只挣寻几个钱,连买喷红果的农药都不够! 为这,果果说过,劝过,也和他闹过,可是没用! 平时那么温和的人,却变得死硬死硬,就是不吐口说离开小学校。昨儿个,要不是她果果拿出离婚来唬他,恐怕他姜文安至今还在小学校里吃粉笔末哩!

一个馋嘴的少妇走近了摊子,果果诡谲地一笑,说:"大妹子,我猜你看直这酸溜溜的红果了。"

那少妇羞微微地笑了。

"我来给你挑,保准个个都能酸得你解口味。"

果果说着,弯下腰,手指拨弄着红果,雨点似的打落进秤盘。

"不,不要这么多。"

"咱,想省钱啦?"果果瞟了少妇一眼,撇了撇嘴,体贴地说:"我说傻妹子,过了这一阵子,你可就没这个口福了。"

"不是,不是,我没带兜子。"

"噢,这好办!"果果一转身,麻利地从一个筐子里抽出一沓纸,抓起一张就要包红果。

文安一瞅,急了。哟!那不是前天的考试卷吗?刚改出分,还没来得及公布。那放在最上面的是小福子的。

"你什么?别忘了你现在是个卖红果的!"

果果一点也不怵他,杏眼圆睁,猛翻手,一下子就把文安伸过来的手拨拉到一边去。然后,自管用小福子的那张考试卷给少妇包红果。

文安无可奈何地缩回手,矜持、压抑、目送着那位带走小福子试卷的少妇。顿时,他心里涌起了一股难言的苦涩。

既然你这么不能理解一个做教师的丈夫,当初为什么……

在那个雨夜里,当他家访回来。突然发现一个女人向他走来时,还以为是明玉哩!谁想,近身一看,是果果。他愣了,一时不知说什么好。那果果用手支起顶在头上的蓑衣,用一种叫人无法拒绝的口气说:"呆子,还不快过来!"

"这……"

"这啥?想叫雨把你浇透呀,傻瓜!"

说着果果一步迈过去,一下子就把他拉向了自己。

哦!他简直不知道怎样就做了她的俘虏。有啥办法哟?

世界上就是有那么一种人,她们的痴情、热烈和大胆有时远远超过男人。她是那么突然,叫你没法拒绝地闯进你的生活。

他不愿再想,可心河是这样固执地奔流着。文安抬头看看对面摊上的明玉,说不清是悔、是疚、是怨、是恨。

唉!

女人和女人,是多么的不同啊!

海边有座红房子

## 三

又是一个早晨。

乳白色的晨雾从玉带河里缓缓升起又徐徐散尽。繁星一批接着批从浮着云片的蓝天上消失。淙淙清溪水给西河洼又带来了一个鲜亮亮的黎明。

河堤两岸,苍苍茫茫的稻地,野滩里,鸟声、水声、雄鸡报晓交相呼应。接下去,岸边那黑黝黝的村里,响起了一阵吱吱嘎嘎的开门声。

明玉抬出了红果。果果也打开了房门。两家都把板车推到院外装筐。

文安手脚真笨,地上滚了许多。果果一颗一颗地捡,有几颗滚到明玉的车旁。果果跟过去。忽然,她发现一个银闪闪的小东西,凑近一看,呀!是个小小的大头针。果果刚要走,又止住了。瞥了瞥正在屋里搬筐的明玉两口子,她想,要是这东西扎在明玉家的车胎上,今天,她可就去不成了。那么,火车站卖红果的不就剩她果果独一份了吗?

神使鬼差,果果起了邪念,不由地拾起那颗大头针,迅速地刺进了明玉的车胎。然后,冲着刚从屋里出来的文安说:

"走!进屋再抬上几筐。"

…………

等到春生找来胶水,补好车胎再赶到火车站,果果的红果已所剩无几了。

第二天,明玉两口子没有到车站去,她让春生下远城去了。

两天后,春生回来了,连夜又装一车,起个大早,又走了。

果果纳闷:什么地方这么好销?

这天下午,果果正在院里喂猪,听到春生回来了,赶忙拿着喂猪瓢站在院墙根儿竖直了耳朵听:

噢!省城的红果一元一角一斤。比火车站每斤要贵五分哩!

当晚,果果就给文安做好了干粮,装满了一车红果。第二天,鸡没叫,便催着文安上了路。

这是一条尘土飞扬的乡间小道儿,是果果指给文安的路。这比走大路要近几十里,可以提前半天赶到省城。

灰茫茫的夜空,白茫茫的土道儿,文安弯腰架着一辆板车,吃力地拉着。

阴天。无星、无月、无光,四野空空,路迹淡淡。路边树丛,幽幽静静地夹道而立。抬头望去,好像在钻一条深不可测的黑胡同。

下去不到五里地,文安放了大汗。一般的庄稼汉,别说拉一车红果,就是拉一车石头,也照样翻岭爬坡,不在话下。而姜文安,十八来到西河洼做教师,除去星期天回家顶风骑车淌点汗,何时出过这等大的力!他觉得有点力不可支。

正午了,姜文安饥、渴、累、乏,他想放倒睡一觉再走,可是不敢。沉沉的云在天上走,看样子要落雨。还有七里土道就上柏油路了,他想上了大路再歇脚,免得雨来道滑。他强打精神,使出吃奶的力气,拚命地往前奔。

沉沉的乌云低了,更低了,终于起了风,已经看见柏油路上来往的车辆了,然而,雨却无情地落了下来。无情的雨点好像要发泄对天之牢笼的愤恨,对地上的一切无情地鞭挞、蹂躏,打得文安睁不开眼,喘不过气,迈不开步。车胎好像涂上了油,一步一陷一滑。文安累坏了,他想扔掉车及车上的红果不要了。可又一想,这车上的红果,是果果孕着身子用汗水一个个换来的,又不忍心,只得像牛一样,瞪圆了双眼,几乎是跪在泥水里,往前拽着,拖着……

弯弯的黄泥道上,两条车辙像两条小河沟,汪汪着泥水,漂浮着朵朵浑浊的雨花。还好,遇上几个过路人相帮,总算爬出了黄泥道。

赶到省城,已是第二天拂晓。

秋雨润籽熟。

大雨过后,省城的红果大上市,上等品的只卖四角三一斤。

文安的红果被大雨激了又焐了,三文不值二文地处理了。

一跨进家门,文安像一堵放倒的墙,栽倒在床上起不来了。

傍晚,又落大雨。

白花花的雨网,天连地,地连天。罩住西河洼,罩住了玉带河,罩住了全村农舍。

弯弯的玉带河堤上,风吹树曳。雨幕中,明玉撑着伞,遮住春生,遮住文安。春生赤着脚丫,背着文安,果果提网兜。四个人,趔趔趄趄地走在大雨中,向公社卫生院蹒跚而行。

刚才,果果正在给文安煮姜汤,听到堂屋里文安高一声低一声地唤,忙打灭灶膛的火,冲进堂屋去摸文安的头,这才慌了神儿。她以为他是累的,雨水给激了一下,喝碗姜汤出身大汗就好了,谁想,竟烧得烫手。

果果在这意想不到的事情面前,一下子没了主张。她呆了,傻了,呜呜地哭了。

此刻,窗外风大、雨烈。风魔了西河洼,风魔了玉带河!

明玉听到果果哭唤文安的叫声,顶着大雨跑来了。

不知怎么了,果果一见明玉,以往那种尖刻,那种怎么也容不下明玉的歪劲儿,顿时烟消云散。她扑明玉的怀里,紧紧地抓住明玉,大声哭道:"明玉姐,雨下得这样大,这可怎么办呢?"

明玉二话没说,拐回家把春生叫来了。

文安挂上了吊针。

他不说话,不睁眼,脸黄嘴青,一动不动。

明玉立在一旁,看着一滴滴药液输进文安的血管,心想:这样,一定是很疼的吧!

唉!


四


文安醒了。他四处寻找着什么。

"文安,你觉得好点儿没?"果果问。

文安不看果果,也没吱声。

"你想学生?"明玉轻轻地问。

文安侧过脸,微微地点了点头。

明玉推了推小福子,说:"姜老师,你看小福子不是在这儿吗,他们一听说你病了都来看你来啦。"

文安笑了:"小福子,来,过来,叫老师,快叫!"

"姜老师!"小福子带着哭腔喊道。

文安的视线找到了明玉:"谢谢你!"

…………

转天,西边天际开始每日一次的最后辉煌的时候。病房里,明玉拎着食品又来看文安。她把果果叫出来,掏出二百元钱:"这钱……"

"不,不!"果果不等明玉把话说完,连连摆手,且也羞愧难当。

"别,别拒绝,果果别拒绝。"

"明玉姐……"

"不,要说!当初都怪我,我知道你对他好……你去找他两次,我都看见,是我把他从你的……你应该恨我……"

"果果,别犯傻,都是过去的事了,别再提了。只是,以后你一定要理解他!"

"嗯!"

"等他病好了,让他去学校吧,他的心整个儿都在学校了,你别让他犯难了。他也不是做买卖的人,住后家里有什么活,言一声,让春生帮着你干!"

"嗯,嗯!"

"家里还剩多少红果?你在这儿照顾他,我和春生去给你卖。"

"不,不用!"

"果果,我这不是单单帮你,我是为了姜老师,为了咱西河洼的孩子……""……"

"好啦,快进去吧,他需要你,我走了。"

　　果果的眼睛湿润了,她望着明玉远去的身影,平生第一次感到了心的沉重,情感的压抑和做妻子的内疚。

　　也许当初自己就错了,也许自己压根儿就不该把文安从学校里拉回家,也许……

# 青石镇的夏天

## 一

　　青石镇和它的几十户人家,被四面的山和山间光秃秃的石头围困在一面向西倾斜的山坡上,谷底是一条干枯了的河床,终年无可奈何地晒着太阳。

　　夏来,山里闷热得残酷,可小镇上人热死也无处乘凉。

　　爷儿们还好,穿一条大裤衩,遮挡住胯下就中。女人呢?儿媳妇总不能在老公公面前袒露出活蹦蹦的奶子吧?再热,也得裤子褂子的穿得紧。

　　这就坏了,这就把小镇上的女人热惨了:当伏的大热天儿,女人们翻翻这儿,摸摸那儿,到处都是一窝一块疙疙瘩瘩的痱子。痒死了,还不能挠,挠惊了,那可了不得!

　　日子久了,不晓得是镇子里的男人心疼女人;还是女人有意支开男人。反正,一到傍晚,爷儿们撂下饭碗,抖着热汗浸湿的大裤衩子,头都不回地朝着镇外走去。

镇西，小学校那边，有一块不大的空场子。各家的老少爷儿们，你喊我应地都往那奔去。

夜来的场地儿里：有说书的，有打讲的；不愿意听书听讲的，端出小学的罩子灯，用树枝在场地上交叉着画出六六三十六个点儿，你石子、他瓦块地下棋。当然，还要加上一大圈指指点点的汉子哩！

于是，这地儿热闹，这地儿有趣，这地儿是爷儿们夏夜的好去处。

天一摸黑儿，镇子里的男人几乎都走出村子。各家女人的喜悦，立刻就反映在脸上：先是小姑子与新嫂子传递眼色。然后，小姑子支使老妈妈去望哨。嫂子呢？立马端来洗澡水。姑嫂闹成一趣儿，脱尽身上的那些小东西，仔仔细细，无处不洗，真美！

这时刻，若是老公公忘了拿烟袋半道里折回来，望哨的老婆婆一准拿手挡他在大门外。

今年这个夏天，镇上的苏老师要领学生们到县里去竞赛。

那天，学校宣布放假，乡教育组的黄干事，骑一辆破旧的自行车，满身是汗地赶来。找到苏老师说："县里要竞赛，你领学生去参加。"

苏老师一愣，怔住。黄干事拍拍他，把话重复一遍。还说："就代表咱一个乡。"

苏老师听懂了，心情跟着激动起来。

青石镇到山外，几乎要走一天的路。过去，孩子们想念书，即使是翻过两座山，到最近的城关小学也要花上半天的工夫。因此，这儿几辈子人没一个识字的。

前年，苏老师从省师院分到县城。知道了这个掩藏在大山深处的小镇儿，扛着行李就来了。开学的头一天，一镇的老少都拥来。孩子们坐在屋里，大人们就挤在窗外……

苏老师看到那情景，他暗自下了决心：一定要教好山里的孩子。

现在，苏老师就要领着他的学生代表全乡去竞赛。这说明他教课教得

好！能有什么比这个更愉快呢。那天,黄干事出山时,苏老师送他很远。路上,苏老师颇为兴致地说:年底,他想在山里办一所联中,让山里更多的孩子都能读上书。

黄干事点头,说:"这个主意好！" 可他拍拍他:"只是老师……有谁再愿来咱这地方？！"

苏老师眼里闪着光,把他妻子茜楠答应进山来的事儿说给了黄干事。他说,她也是个教师。

黄干事很高兴。他又拍拍苏老师:"咱全力支持！"

送走了黄干事,苏老师当下去找镇子里的老支书德顺老人细说这山里娃子要去县里竞赛的事。

德顺老人打土改时,就是小小青石镇上的干部。几十年,建树不大,却也颇得一镇老少爷们的信赖。

苏老师来找他的那天,德顺老人开口就问:"有事,苏老师？"

苏老师走近说:"县里要竞赛。"

"竞赛？"

老支书疑惑地睁大两眼,递过一条小板凳。

苏老师没有坐。他把黄干事的来意讲了讲,并说:这个暑假,孩子们就不放假了。

老支书听着,笑了笑说:"嘿！有这事,咱山里人也能露露脸了。"

苏老师说:"就是这大夏天的,没法上门做辅导。"

老支书知道他指的啥。胡子一抹,二话没说:"怕个啥？为孩子,上门教去！"

## 二

山里间,夏日的早晨异样清凉,山地儿湿漉漉的,天蓝得像水洗过一般,浮云又白又软。山里人，挑水、打柴、出山串亲，都会选在这清晨凉爽的时候。

苏老师，每天清晨都在小学校后面的林子里踢腿、伸腰；有时，还琅琅地觅来几句诗呢。

今日，他有事情，极早进了镇子。

"嫂子，推磨哪？"

苏老师从院墙豁口处打招呼："告诉你家二蛋子，今天上学。"

街上，赶早起来的学生及学生家长，热情地问候着苏老师。想必，他们也都晓得竞赛的事。

昨晚，苏老师刚睡下了，几位家长又叫起了他，仔细问了竞赛和竞赛后自家孩子的事儿。现在，苏老师走在街上，远远地就有人唤他：

"苏老师！"

苏老师折回身。巷口闪出一位瘦筋筋的小姑娘，辫儿垂至肩头，脸上挂着微笑，满好看的绿裙儿，活像一棵水葱似的秀气。这是老支书德顺老人的外孙女，兰兰。

"今儿上学，知道吗？"苏老师告诉兰兰。

兰兰好像没听见。偏着小脑袋往石巷里瞅。巷里闪出一个女人，二十七八岁的年纪，一头浓密的秀发剪至肩头，时不时还闪露出粉颈儿。她是兰兰的妈妈远春。

今天，是兰兰八周岁的生日，她要领着兰兰到山外照个相。这是两个月前，丈夫来信说妥了的事情。细心的女人，当然不会忘记。

小镇的过去，曾来过一去石油勘探队。德顺老人那阵子就是镇上的支书。他发现那拨子人里头个个有钱，且为人厚道，干活肯下死力气，是些养活婆娘的主儿。私下里，他找到了勘探队的指导员。

一个月照极好的晚上，指导员领来勘探队里一个叫印力的小伙子。

远春，自小没了娘，主意全由爹来拿。她只在月亮地里恍惚地瞅一瞅：小伙子有个儿，脸面吗？没看清。

爹问她："中不？"

　　她没有吱声。爹便明白女儿同意了。很快,便与石油队里那个叫印力的小伙子订了亲。

　　不能作美的是,这山沟沟里没有油,那拨人在此热闹了一气儿,卸下钻具便走。

　　小镇上人为此恼了许多日子。远春呢? 匆匆扎上红头绳,跟着那支石油勘探队,去了。

　　但,很快又来了。勘探队里不好安家。

　　打这以后,印力只在每年的春节来小镇上过上有数的几日,带回小镇上人不曾见到的大地儿的用物和食物,眼热了几多的小姐妹。远春荣耀也自豪。当然,平日里,更多的寂寞与苦恼,就无人知晓了!

　　"有事吗? 远春嫂。"苏教师见远春今日里穿戴得好新崭。

　　"有! 找你就碰上你。"远春一笑,唇间闪出一排细密的皓齿。"听爹说,你要领着学生去竞赛? "

　　"是的,今天先复习。"

　　略顿,远春说:"能耽搁一天吗? 我想今天领兰兰去城关照相。"远春一向很器重孩子上学。从舍不得误下兰兰认字的工夫。

　　"中! "苏老师满口答应。忽而,他又说:"去城关? 来回七十里山道,你还领着兰兰,一天怕是不行的? "

　　远春说:"行的,今儿是十六,晚了,有月亮。"

　　他点点头,没再言语。他知道远春一向胆子小,赶黑走道怕是要胆怯。那一回,苏老师吃了雨后的山蘑菇中了毒,一个劲地翻白眼,吐白沫! 孩子们一个个吓得呜呜地哭,她远春,一边熬着汤药,一边吓得哆嗦。也跟着掉泪淌河的。

　　山里人,对待苏老师历来就像自家的亲人:开春的头刀韭,立秋的山里红,山镇上的老人、孩子都舍不得上口的食物,也要给他苏老师送去。平日里,苏老师盖的被、穿的衣,不等见脏,就有人帮他拆洗。

　　苏老师很感激,尤其是对老支书一家。

傍黑，大雨倾盆。远春领着兰兰出城，望见西北天边上云聚云拢，就折回路边一个熟人家借了把伞。这会儿，母女俩正顶着伞在雨中行走。

远春怕雨水激着孩子，吃力地背着兰兰，伞严实地罩在背上，她自己的衣裤早被雨水浇透了。

翻过一座山梁，还有一座山梁。

远春上气不接下气地奔走。此刻，天已晚。她想倚着旁边的山崖歇歇再走，心里又惦记栏里的猪怕是一天没喂？这会儿，早该饿得嗷嗷叫了。她缓了口气，背紧兰兰，又往前走。

刚上了几级石梯，蓦地，一道手电光一闪，随即传来喊声："兰兰！"

苏老师？！远春心里一热。使劲地晃动背上的兰兰，说："是苏老师，快应着！"

小兰兰不犹豫，放开小小的嗓门儿，大声地应道："苏老师！"

苏老师疾步冲到她们面前："来，把兰兰给我。"说着，一双大手接过兰兰。

"到俺家去了？"远春问。

"去了。门锁着，就知道你还在路上。"

"爹哩？"

"正来接你。我追到他半山腰，让他回去了。"

"你呀……"

"你们照相了吗？"苏老师打断了远春的话，很关切地问。

"别提了！"远春说。"今天人家没开门，说是盘账哪。"

兰兰就因为没照上相，回家的路上一直不高兴。刚才，她趴妈妈的背上，看见打雷又落雨的，哭了！现在，苏老师背着她，她像是忘了照相的那码事儿。一个劲地问苏老师：今天讲了什么课？教了什么歌？苏老师呢？——告诉她了。还答应：明天给她补。

海边有座
红房子

## 三

骤雨落了一夜。

山涧的石隙中，奔突起淙淙的水流儿，许多枯草、落叶，被雨水泡胀的花壳虫，一同流向山外。

太阳升起的时候，雨水冲洗过的山顶山坳显得分外苍碧，缕缕悠悠的水汽，缠绕着山林、屋舍，袅娜娜地飞舞、升腾，如云似雾的朝碧空轻轻地吻去。鸟儿跳跃在枝头欢快地叫，蝉卧枝茎竭力地鸣。山里人都晓得：这又是一日炎热的苦兆头。

于是，赶山的汉子，不等太阳出来，就走了几十里山道。

老支书德顺，今儿也要出山。

县上分下化肥，非他去不成。来去虽说是坐着驴车，可早晨走得太早，中午又没能睡晌，装上化肥，接连跑了几家百货商店，给左邻右舍地代买了些针头线脑。到了晚上，老人又同平日那样，搁下饭碗来听书，谁知，没听两句半，头顶着膝盖打起了呼噜。

不知是哪位听得入了戏，嫌他德顺的鼾声太讨厌；还是谁个知道他今日出山太劳累，关心他早些回家歇着去；也许是什么也不为，就是因为他睡了。反正，有人主动叫他，还拍了他的肩膀。直至拍醒他。

"哦，哦！啥时候了？"老支书揉着惺忪的眼睛，像是在自言自语。而后，他真的挟起蓑衣，深一脚，浅一脚地离开了书场。

自家巷门，老支书恍惚瞅见一个汉子从他家门口一闪，步子匆忙地奔向小巷那一端。老人顿生疑虑？正要开口呵住，便听到那人脚步里有铁掌敲打石板巷的声音。是苏老师，教兰兰认字的。苏老师的凉鞋底上，一边钉坠了一个月牙儿似的铁掌儿。这在青石镇上是很少有的。

"安叹！"进门时，老支书依旧响响地咳嗽了一声。

山里的爷儿们,夜晚归家,即使口中没有痰,也要干打一声嗓儿,让院里乘凉的娘儿们好有个防备。这和当今城里人用的门铃有点类同。

现在远春已经听到爹在打嗓儿,一时间,正手忙脚乱哩。刚才,兰兰嚷嚷着要洗澡。远春去屋里温水的空儿,兰兰却躺在院里的蒲席上睡着了。到底是孩子,熬不得夜。远春思忖半天,抱起兰兰床上睡,院儿里蚊子咬。随后,拎出擦澡的木盆自个洗上了,恰在这时,门外蓦地传来一声熟悉的唤:

"兰兰!"

苏老师随话音进来了。他是来给兰兰补课的。远春怎么就忘了这一层。

这可咋整? 这个死老师! 慌乱中双手在席子上乱抓一气。还好,摸到一条裤子。想穿,来不及了。远春忙将裤子揉成一团捂在胸口坐在席子上,背朝苏老师,告诉苏老师说:"兰兰睡了,睡了!"

苏老师看到远春在洗澡,连声说:"对不起! 对不起!"随掉头退出院儿。

恰好,此时远春的爹在小巷口打嗓儿了。

若说苏老师的到来,引出远春惊慌一场,但她并没有害怕。这会儿爹来了,远春实情感到意外、紧张了。她慌忙地去蹬裤子,当她发现左脚伸进右边的裤筒时,爹已阴唬着脸子立在她眼前了。

"兰兰哩?"

许久,爹才这样问她。其声调颇像在责问一个刚刚捉拿到的囚犯。

远春头一回听爹和她这样说话。她手扯着沿未穿好的裤儿,好像真的就做了什么对不住爹的事儿似的,背对着爹坐在席儿上,半天才说:"兰兰,睡下了。"

爹别过脸,勾着头直奔小西屋去了。随即,西屋的小木门发了出了嗒嗒的声响! 远春的心随之一揪。她知道爹已想到了那一层,这可咋整? 爹好认死理,今晚的事,怎么和他讲得清呢。

翌日,远春起得早。发现爹正蹲在院里枣树下,吧嗒旱烟袋,脚边已磕下一大摊烟灰。

老人，一夜没睡。

"印力，现今在哪里？"

爹从嘴里拔出烟袋，眼盯着一旁的猪圈问。想必，这该是他一夜想好的话题了。

"青海！"远春的回话又柔和又酸楚。她想和爹说说昨晚的事儿。

可爹，好像什么都懂得了，对着脚边的石地儿"啪啪！"磕下烟灰，猛起身说："回头，把印力的地址给我。"说完，拧着头，解下西墙根的羊走了。看都没看远春一眼。

远春站在院儿里，瞅着爹的身影，两串泪水扑扑扑地滚落下来。

当日，兰兰没去学校上课。傍黑，兰兰来小学校找到苏老师就说："苏老师，明天，我和妈妈要走了。"

"走，去哪儿？"苏老师疑惑地睁大了双眼。

"大大那儿。"兰兰说："是外公给大大去了电报，不走不中啦！"

苏老师一愣，略有所思地说："走！到你们家看看去。"

"不！"兰兰使劲地挣脱开苏老师的手，小脸儿板了又板说："妈妈就是让我来告诉你，再不许你去我们家去了。"

苏老师一怔，双眉拧了又拧。他想到昨晚的事儿，胸腔里几多话语，就像是淙淙流淌的溪水，一下儿流到了绝处。

此刻，天色已晚，镇子里的男人已陆续走出来。苏老师没再进镇子。

第二天，山镇、街道还有远处的山梁都没有显出轮廓，天还早，苏老师就等在出山的道口。

他想把话说清楚。但是，远春和兰兰，昨晚就被德顺老人送往山外。

## 四

两个月后，山里已是斑斓绚丽的秋天。满山满坡都是熟透了的果子。

这日黄昏,德顺老人正领着一镇人在山上摘果子,远春和印力领着兰兰从山外回来了。

印力的井队,正在一片沙漠里打井,那里没有学校。

遗憾的是,那时间苏老师已经调走了。山镇小学新近调来一位女教师,至今,还没来上班。

有人说:苏老师的走,女老师的来,全是德顺老人去县里这样要求的。

有人说:苏老师教课好,被上头选走的。

有人说:苏老师没有走远,就在大山那边的山镇上教课。

这些话儿可信可不信。但是,有一点可以确认:苏老师不愿意离开青石镇。上路的那天早晨,他哭了!

# 红娘

何晓玲大学毕业,分到苏北一家小县城的县委大院里工作,她那优雅的气质,迷人的美貌,如同一缕清风,吹进了机关办公大楼内,好些年轻人的眼睛都为之一亮。

何晓玲穿着满讲究的。她不仅有一张漂亮的脸蛋,而皮肤白嫩,身材修长,穿着时髦,描画得体,每天出入在机关大楼内,恰似美女模特儿一般。再加上她有知识,有涵养,说话做事得体,可真是人见人爱。和她坐对面桌的费长春、费大姐,看到每天有那么多年轻小伙子出来进去地围着她打转儿,

经常从眼镜片上方的空当里,瞪大眼睛提醒她:"小何呀,凭你的条件,你可要给我找一个才貌双全的小伙子来哟!"这话,看似说着玩,那可是一个长辈对她何晓玲的关心和爱护呀。

费大姐担心何晓玲长得那么好看,别轻易被人勾引去。

何晓玲何尝不想找个如意郎君呢,可生活中十全十美的好男人,到哪里去找呢?为这事,何晓玲私下里也曾向费大姐讨教过。费大姐说,男女之间的事情,说来莫名其妙。有时候"精心栽花花不发,无意插柳柳成荫"啦。她让何晓玲不要着急,可以"全面发展","重点突破",女孩子嘛,一定要多长几个心眼,可以广泛结识一些异性朋友。但是,最终你要真正确定你的意中人时,可要慎之又慎。在这一点上,你费大姐给你当参谋。

费大姐有五十多岁,人很随和,老机关啦,属于平易近人的那一种,她把何晓玲当作自己的亲人一样看待,对何晓玲的个人问题,关怀备至,经常把机关里一些人与事,分析给何晓玲听。目的,就是让她尽快适应机关工作,不至于被某些人的花言巧语所迷惑。当然,这为她以后选定个人的终身大事,也是很有好处的。

何晓玲当然明白费大姐的意思,她通过一段时间的观察和接触,对本单位那些围着她转的小伙子,几乎是一个也不感兴趣!费大姐看得出她的要求太高了,就劝她不要过于挑剔,要多看别人的长处,还语重心长地问她,你到底要找一个什么样的?

何晓玲拿费大姐也没当外人,言谈话语中流露出:说当今这社会,住房要进别墅,穿衣服要去精品屋,生活水准也是一个赛一个地攀比着高档消费。一句话,没有钱,是万万不能的。

费大姐听出她的弦外之音,要傍大款,想找一个有钱的主儿。就在这方面给她撒开网儿。大约是两周以后,费大姐还真给她物色来一个"款儿",悄悄递给晓玲一张咖啡屋的座位号时,笑眯眯地告诉她,是一位外贸公司的大经理,专门搞劳务输出的,手头的资金,少说也有几百万,他每年都去两三趟新马泰,光是在本市的住屋,就有两三套。

何晓玲嘴上说她对老板、经理什么的,不感兴趣。可转过脸来,还是把那张咖啡屋的"座位号"折了又折,放进她身边的小包。

第二天上班后,费大姐想听听她昨晚"接触"的感受。哪知,话没问两句,就看何晓玲的脸上没有内容了。当下,费大姐就猜到,十之八九是没有继续谈的可能了。

回头,等办公室里没有外人时,费大姐还是主动提起了那个话题。何晓玲半天冒出一句:"整个一没文化!"

咖啡桌上,那位"款儿"竟然把"咖啡"两个字读成了"加非"。两个人刚坐下不到三分钟,他就口出脏字,动手动脚了,整个儿一个晚上,他除了谈他怎么挣钱,就是谈他接触过的女孩子都是如何爱他。要么,就是泰国、马来西亚的小姐是多么的有味。

何晓玲没好说她费大姐,怎么把这样一个俗不可耐的人介绍给她呢?简直是让她掉份儿,恶心死了。

可费大姐也有她的苦衷呀!你何晓玲不是挂在嘴上说,要找一个有钱的,到头来,真正的"款儿"送到你跟前了,你又追求起高雅来了,这不是瞎折腾人嘛。到哪里去找你理想中的白马王子。

费大姐出力没讨好,但她还是耐着性子,帮助何晓玲分析了这次失败的原因,说她何晓玲受过高等教育,文化水平高,对社会、对人生,都有一个很高的认识,尽管她嘴上说要去个有钱的老公。可她的骨子里,还是一个地道的品位比较高的知识女性。建议她:还是老老实实地找一个有文凭,有固定收入的文化人为伴。那样,未来的生活尽管会清贫一点,但生活中能找到共同语言,拥有共同的乐趣。

何晓玲知道费大姐是"过来人",历经生活的磨难,如今又是面对面的同事关系,凡事都会帮着她,向着她,就跟费大姐说:"要不,找一个有共同语言的试试?"

费大姐说:"不用试,两口子在一起,要柴米油盐地生活一辈子,就应该找个知音才对。"说这话的时候,费大姐就告诉她,市群艺馆里有一个青年

画家,今年不到 30 岁,南京艺术学院毕业的,属于为艺术献身的那种人。最近,他正准备搞个人画展。不妨哪一天,趁他搞画展时,我们先去悄悄看看他。如果你觉得还可以,我再为你搭搭嘴。

何晓玲当时没说行,还是不行。她觉得搞艺术的主儿,要么衣帽不整,一副邋遢相;要么满脸的络腮胡子,或是脑后扎个小辫子,怪里怪气的!总之,都是些神经不正常的人。可她怎么也没想到,画展正式开始的那天上午,费大姐领她来到现场一看,那位画家还挺有风度的。

当时画展门口围了很多人,一派锣鼓喧天,彩旗飘扬的气氛,有几个秃顶子老头,把那个画家夹在中间进行现场剪彩!远远地看到,那位画家虽说胡子蛮长,但他西装革履,跟那几个秃顶子老头站在一起,就数他帅气。

接下来,在看画展时,费大姐看何晓玲有些恋恋不舍,感觉有"戏",第三天晚上就安排他们见面。后来,又交往了几次之后,何晓玲可能还真被那位画家的才情所迷住了,竟然让费大姐帮她挑选毛线,想悄悄为他织一件毛背心。费大姐很高兴,帮她挑了毛线之后,还鼓励他们交往要再过密一些,由每周见一次面,最好增加到每天见一次面。

可谁又能料到,就在他们的感情和爱情逐步升温时,何晓玲突然提出分手了。原因是那位画家,生活上太没有自理能力,臭袜子和洗脸毛巾放在一个盆里揉搓不说,三顿饭并作一顿吃,那是常事。更让何晓玲不能接受的是,有一回,两人一起下馆子,他身上没带一分钱不说,鼻子水流到嘴边的胡须上,他竟然当作啤酒一起喝下去了。那场面,一想起来,晓雅的心里就感到恶心,更别说以后跟他怎样一起生活啦。

何晓玲跟费大姐说,她受不了,那种人,再有艺术细胞,也不能跟他过在一起,还是请费大姐捎个话去——"拜拜"吧。

这一来,费大姐茫然了,真想不出该给眼前的这位美人儿,找一个什么的如意郎君?给她找个有钱的大老板,她说人家张口闭口就知道一个"钱"字,俗不可耐。给她找个搞艺术、有情调的画家,她又嫌人家不懂得生活。这世上,人无完人,到哪里去找十全十美的男人呢?

费大姐劝她不要太理想化，要考虑婚后实实在在的生活，要多看对方的长处，少看人家的短处，要以平常人的心态，去跟人家真心实意地谈朋友。不要老是认为自己年轻、漂亮，就不得了啦，要想到年轻、漂亮都是暂时，找个关心、体贴你的老公，才是一辈子的大事情。

何晓玲不管费大姐怎样说，怎样劝，她自己还是有主见的。时隔不久，人家自己谈了一个，小伙子白白胖胖的，白衬衣扎在笔挺的绷裤里，上楼下楼时颠着碎步跑前跑后，出来进去时，为何晓玲拎着包，打着伞哩。费大姐头一回看了就说："好！"还埋怨何晓玲："好你个鬼丫头，心中早有意中人，还让我整天给你瞎张罗！"

晓雅笑笑说："什么呀，也是刚刚认识的。"

费大姐问："干什么的？"

何晓玲说："外贸局，给领导开小车的。"还补了一句，说他的家庭条件蛮好的！

费大姐一听，顿时一个"噢"字，咽回去半截。她没好说，给领导人开小车的，大都是花花公子，十之八九，是上层领导人家的孩子，凭手中的权力和关系，硬塞到机关来的，属于玩世不恭型的，闹不好大字识不了几个。但，何晓玲却说他是大专文化，正准备拿本科文凭呢！

费大姐对此没加任何评点，她只是从遗传基因这个角度上略加分析，说一个人智商的高低，直接影响到下一代，甚至好几代。她让何晓玲去问问那个小伙子，是不是函授"混"来的文凭，或干脆一点说，是不是花钱买来的文凭，若真是那样，建议她要慎重考虑。

这以后的两三天里，何晓玲的情绪急转而下，上班没有精神，与人谈话没有笑脸，有时，别人下班走了，她却一个人趴在办公桌上抹泪水。费大姐看得出，何晓玲陷入的爱情的苦恼之中，闹不好，那个小车司机，真像她所预料的那样，是一个目不识丁的公子哥。

这时候，费大姐也感到为难了！她说何晓玲在此地，已经风风火火地谈了不少男朋友了，外界的影响不是太好，能坚持跟那个小车司机谈下来，也就不错了！她劝何晓玲不要轻易"吹"，要耐着性子，跟那个小车司机谈下去。否则，一旦是再吹掉，坏了自己的名声，以后，就没有人敢跟她谈朋友了。

可何晓玲态度很坚定，非"吹"不可。她跟费大姐说，此地不好找男朋友，她准备换个环境，到外地求发展。

费大姐思考再三，感觉她一个姑娘家，凭着眼前的好工作不干，要独自外出闯天下，也不是一件容易事，劝她不要轻易动这个念头。若真是到了非离开此地不可的那种地步，也要找好落脚点再走。费大姐在帮助分析何晓玲目前的处境时，问她有一位外地军官，家是本市的，想不想见见面？

何晓玲想能跟一个部队军人，到外地工作，离开这里，也没有什么不好的，就答应见面谈谈。

这一来，情况有了很好的转机，何晓玲一见到那位本市籍的外地军官，就被对方的英俊、潇洒所倾倒。

费大姐每天上班时，都能听到何晓玲谈情说爱的新内容，以致在那位军官 20 天的探亲假里，他们见了 18 次面。最后，那位军官要归队时，提出来想带她何晓玲去见一见公公婆婆，何晓玲想到费大姐是他们的大媒人，非得要拽上她一起去不行。

刚开始，费大姐摇头笑笑，说你们年轻人的事，她不参入。可后来，何晓玲硬缠着让她一起去壮壮胆子，费大姐就笑了，告诉何晓玲："你不用拖我、拽我，就让我在家等着好了！你要拜见的老婆婆就是我，你所谈的那个军官，正是我儿子。"

何晓玲一听，顿时脸红到脖子，她说费大姐（不，如今该叫费大妈）你既然有那么一个好儿子，为什么不早点介绍给我？费大妈点着她的脑门子，说："好你个鬼丫头，我若早点给你介绍一个当兵的，你会跟他谈吗？"

一句话，问得何晓玲哑口无言了。

第四辑

*Jiang Lian*

姜莲

# 请向我开枪

西郊储蓄所，是远城县城市信用社依托西郊磷矿而设立的一个小小的代办点。它远离村庄和闹市区，紧靠在厂区卫生室门口一侧，来往的客户不是太多，业务也不是太好，意在为厂区服务，留住那块资金不外流。

储蓄所里总共三个人，所长还是上边业务科的一名副股长兼的，所长不在所里坐班，隔三岔五地开个车跑来看看，就算是尽到他所长的义务了。另外两个业务员每天都来坐班，他们是大胡子刘，和信贷员小琪姑娘。

大胡子刘，四十几岁，正是上有老，下有小的年岁，所长不在时，他就代替所长行事；小琪姑娘年纪轻，满打满算，也不过二十出头，刚参加工作时间不长，爱唱爱笑爱打扮，雪白的小瓜子脸儿，每天都涂抹得粉粉朵朵的，一对笑眯眯的狐媚眼，配有两道月牙儿似的细眉毛，乍一看，就跟歌星孙悦似的。很招男孩子们喜爱！

这天傍晚，天空正下着小雨，大胡子刘和小琪姑娘，把一天来储存的钱，清点之后，放进每天押送现金的专用铁箱子里，打上封条，等待运钞车时，大胡子刘跟小琪说，他要去岳父那边办点事情，先走一步，让小琪耐心等待运钞车来了之后，把她连同装钱的箱子一起带走。

大胡子刘的岳父家在矿上，每天中午或晚上，他常到岳父那边去吃饭，剩下小琪姑娘一个人时，常常是自个把自个反锁在储蓄所的铁栏栅里面。今天，大胡子刘一走，小琪姑娘照样又把自个反锁在储蓄所里面的铁栏栅里了。

那时间,门外的小雨还在淅淅沥沥地下着,门口的廊檐下,挤着一个卖水果的瘸腿老头和一个乡下来卖花生、瓜子的小姑娘,他们各守着自个的竹筐子、柳篮儿,把个原本就不宽敞的储蓄所门口挤得满满当当。好在那时间天快黑了,来储蓄所的人也不是太多,小琪姑娘一个人静坐在柜台里面,一边轻轻地哼着"哥呀妹的"流行歌儿,一边无聊地修剪起自己修长的指甲。

忽而,一个穿黑风衣的年轻人,单手扯着风衣的高领角,挡住自己的大半个头脸,大步跨进了储蓄所,柜台里的小琪姑娘,恍惚中只感觉有个黑影在她跟前一闪,她认为是门口卖水果的那个瘸老头或是那个乡下的小姑娘又来跟她讨水喝,可抬头一个看,一个高个子青年,正趴在柜台上填写一张什么单子。

小琪姑娘看了那青年一眼,想告诉他,今天的钱都已经封存起来了,要想取钱是不可能了;存钱吗,还可以考虑。可等那个青年把手中的单子写好递进来时,小琪姑娘顿时吓出一身冷汗!

纸条上第一句话是:"不许声张!"

下面,歪歪扭扭地写道:请你老老实实地把今天储存的钱递给我,否则,我手中的枪,可要瞄向你的胸膛了!

刹那间,小琪意识到遇上劫钞的歹徒了!想躲,想跑,想收起桌子上打上封条的储钱箱,都已无济于事!最好的办法,就是把里面的噩讯,赶快想法子传递出去(当然是悄悄的),哪怕是让门口那两个摆小摊的一老一少能察觉到里面正在发生的一切,帮她悄悄去打"110"就好啦!

小琪姑娘面对歹徒掀下那黑洞洞的枪口,虽然一时辨不清那枪是真是假,但她料定:一场灾难就要来临!她强忍住眼窝中就要夺眶而出的泪水,想与那歹徒周旋,以便拖延时间。可那歹徒一分一秒都不相让,他恶狠狠地轻"嗯"一声,威逼小琪姑娘赶快把钱箱子递出来!

小琪姑娘想与他拖延时间,下意识地摸过笔,就在歹徒递进来的那张纸条的下面,匆匆写道:"大哥,你最好是自个开枪打开铁栏栅上的锁!"

小琪姑娘想验证一下他手中的枪是真是假。当然,她也想表明:她是信用社的工作人员,不能在国家财产遭到抢劫时,主动帮助他人作案,她让对方主动出击。小琪在留言中还教他:抢钱的同时,一定要先给她造成肉体上的伤害,以便让人看出她是与之搏斗的假象。否则,她将面临着撤职、下岗,被人唾弃等,诸多不可想象的麻烦!

紧接着,小琪又递来一张纸条。

这一回,小琪姑娘字字血,声声泪地告诉那个歹徒,说她找到眼前的这份工作实属不易,恳求他实施抢钱时,一定要先把她打昏过去,再去抢钱。

那样,事后追查其责任时,她不但可以保住眼前的工作,或许还可以评个"金融卫士"之类。但是,向她开枪时,不要打在她的致命处,她是爹妈的独生女儿,她不忍心让白发人送黑发人,她建议那个歹徒,可以冲她的腿部或胳膊上开一枪,最好不要毁了她的面容!

小琪说,姑娘家最最珍爱的就是自己的面容,若毁了她的面容,她以后可就无法嫁人了!

那个歹徒看着柜台里面递出的一张张语无伦次的纸条,再看看小琪姑娘那娇艳的面庞,还真是美丽动人!一时间,那歹徒的嘴角似乎是露出了一丝坏坏的笑意。

歹徒原认为凭他手中的家伙,去对付一个小姑娘,用不着他真刀实枪地去干,威胁她一番,能把她保管的钱乖乖地交出来,然后,溜之大吉!没想到眼前这个小姑娘,为保住自己的工作,竟然劝他开枪,对她实施人身伤害!

这一来,那歹徒还真有些手软了,他用高高的衣领挡住大半个面孔,滴溜溜地转动着一双贼眼,心想:这该怎样下手呢?

歹徒手中的枪虽然不是真家伙,可砸开铁栏栅上的锁,他还是有办法的,他随身系带了起子、钳子之类撬门溜锁的家伙。问题是砸开铁锁之后,真正去实施抢钱的过程中,又该如何向眼前这个看似万般温情的小姑娘下手呢?是用手中的火枪,给她腿上或腰部打个马蜂窝,还是掏出腰间的匕首,划破她那白如软玉的手腕呢?显然都不可取!女孩子的手臂,如同面容一样重要!

那歹徒有些不忍心去伤害她。他提出了一个两全其美的办法,让小琪姑娘适当地少给他一点钱也可以。

海边有座
红房子

那歹徒仍旧以纸条的方式,告诉柜台里的小琪姑娘,说明他也是处于万般无奈,才"铤而走险"的。

至于,他为何走到这步,他没有仔细地写在纸上。他只让小琪姑娘在不影响她自己切身利益的情况下,先"帮"他一把。

小琪姑娘感到这个人有意思,前来抢钱还心慈手软,讨价还价。想必,他不是久走"江湖"的老手。

一时间,小琪姑娘那紧张、恐惧的心态慢慢缓解下来,她似乎在琢磨,眼前这个小伙子良心不是太坏,让他开枪,他不忍心动真格的;教他抢钱,他又没有勇气下手。下一步,该怎样让他放下手中的枪,结束这对峙的僵局呢?

可好,偏在这时候,储蓄所里进来两个躲雨的乡下人,那两个乡下人可能是来矿区收破烂的农民,穿得都很破烂,手中各提着一个脏乎乎的"蛇皮"袋子,其中,有一个人手中还拿着一个可能是用来翻弄垃圾的铁钩子。

这一来,储蓄所里人多势众啦,小琪姑娘料那歹徒不会在这个时候对她下手,她反复琢磨该怎样以一变,来应付万变,以便与他消磨时间。当然,最好是劝他主动放下"屠刀"。

按照常规,歹徒遇到这种不利于下手的情况,就该知趣地离去。可今天,或许是柜台里面的小琪姑娘太软弱好欺了,那歹徒不肯离去不说,还把递纸条当做一种"游戏"一样,与柜台里面的小琪姑娘越传越离谱了。他在一张纸条中,直言不讳地告诉小琪姑娘,夸小琪姑娘年轻、漂亮、可爱,他不忍心伤害她,他让小琪姑娘假装开门上厕所,给他创造一个抢钱的机会,事成之后,他定有回报!

小琪姑娘接过纸条后,仍旧以纸条的方式,告诉他,说这个办法不太可取,他们储蓄所里面有现成的卫生间,她没有理由离开,让他再想高招!

那歹徒,忽而避开抢钱的话题,开玩笑一样,在一张纸条上写道:"如果,我有了很多钱,你会不会嫁给我?"

小琪姑娘看了那张纸条,抬头望了那歹徒一眼,想笑,没笑出来,她埋头写道:"如果你用智慧和血汗挣到很多钱,我或许能考虑这件事!"

那个歹徒看了纸条,半天没有反应。而柜台里面的小琪姑娘紧跟着又递出一张纸条,告诉他:看得出,你是头一回做这种事情,若就此打住,我会原谅你!

小琪姑娘还告诉他:拿出你今天来抢银行的胆量和勇气去苦干一番事业,我相信,你一定是个成功者!

那歹徒看了小琪姑娘"鼓舞"他的纸条后,好久没有吱声,但他面部的表情非常复杂,看似在咬牙切齿,又像是在垂头丧气。

这时间,门外忽而响起了汽车喇叭声,运钞车及两个全副武装的押钞员,荷枪实弹地从车上下来了。

那个歹徒一时间有些惊慌!他可能怕小琪姑娘会当面指出他是来抢钱的坏人,没料到小琪姑娘却大大方方地递上自己名片,极为友好地对他说:"我们交个朋友吧,但愿你不会让我失望!"

说完,小琪姑娘提上钱箱,跟着钞车走了。而那个汉子,握着小琪的名片,站在储蓄所外面的雨地里,呆若木鸡,好久一动没动。

# 幻觉

## 引子

三天前,确切地说是上个星期六下午六点多,她在丈夫的书桌上熨衣

服,不慎,将桌边一尊瓷尼姑碰倒,跌碎!

那是丈夫多年的爱物。她心疼中透出几多惊恐,忙停下手中的活。一块块将残片捡在手里。就在她吩咐女儿肖玲快去隔壁问问有没有万能胶的时候,丈夫肖成回来了……

肖成嘴上说:"算了,既然摔碎就算啦!"

可他冷板着脸坐在沙发里,好半天只狠劲儿抽烟,一句话不讲……当天深夜,肖成的心脏病再次发作……

# 正文

三天来,肖成人事不省。

一直守候在病房的肖夫人,仿佛一下子老了许多,面容憔悴,眼窝深陷,走道微微摇晃,说话都没了底气。唯有肖玲,正襟危坐地听"会诊",前前后后地忙于张罗。

这天晚饭后,肖玲要留下,让妈妈去洗个澡,换换衣服。妈妈执意不肯。妈妈说:"怕是没有希望了,小玲! 这一回,你爸爸病得特别重……"

肖玲也有这样的预感。但此刻,她不想和妈妈说这些令人心碎的事。她岔开话题,告诉妈妈家里的一些情况;还有爸爸研究所的所长、书记以及爸爸身边工作的同事,先后来了几拨,都被"特护"拒之门外……

妈妈无心过问这些,百无聊赖地摆弄着床单角,毫无表情地盯着那倒挂的盐水瓶。眼看一瓶滴完。肖玲喊来"特护"。就在起针的一刹那,肖成的喉咙突然滚动两下,小护士以为起针给病人带来疼痛,紧锁眉头盯了一会儿,见病人有些异常,便告诉一旁的肖玲,说:"听他是不是在说什么?!"

肖玲伏下身,耳朵靠近爸爸的嘴唇,她像是听到在咕噜什么,但一点也辨不清楚。这时候,肖夫人也把耳朵贴过来。还好,这一回,母女俩都听到了,爸爸在说:"会……会……"

肖玲挺沮丧地站起身,埋怨道:"嗨! 都病成这个样子了,还惦记什么会不会! "

肖成是海港研究所盐水鱼研究室主任。最近,正准备去青岛参加一个学术讨论会。

一旁持空瓶等结果的小护士,听说病人在挂念工作上的事,嘴一撇,扭头走了。

肖夫人仍在入神地听……

肖玲不耐烦地说:"算了! 你快告诉爸爸别想工作上的事了。好好休息吧! "

肖成好像听到女儿的话。当下,喉咙不再滚动了。

肖夫人紧拧着双眉抬起头,目光呆痴地盯着老伴那肿胀得放光的脸。好半天,方扯着女儿肖玲的手坐到楼道的长椅上。

"还记得你钟慧阿姨吗? 小玲。"

肖玲摇摇头,显然印象不深。

"就是你爸先前那个助手。个子高高的,扎对大辫子……"

这一来,肖玲有点印象了。还是她系红领巾的时候,爸爸手下分来个大学生。爸爸常领她到家里来,后来,不知为什么就不来了。爸爸说她调走了,调到很远很远的渔岛上去了。妈妈说她死了……

一晃,十几年过去了。肖玲问妈妈:

"提她干什么? "

妈妈长叹一声,说:"你先想法子找到她……回头,妈妈慢慢跟你说……"

钟慧来了。接到电话连夜赶来。进门便叫:"小玲! "却目不转睛地盯着病床上的肖成。

肖夫人好像猜到今天钟慧能赶来,一早就坐立不安。现在,干脆就不知去向了!

"肖成,我是钟慧。你摸摸,我是钟慧呀……"

钟慧抓过肖成一只肿胀得如同发面馒头似的大手,紧贴在自己脸上,无声的泪水扑扑扑地滚下来……

接下来的情景更令肖玲吃惊!钟慧伏下身,双手轻轻地捧爸爸的脸颊,毫不顾忌地把嘴唇贴上去……

肖玲懂得这是为什么。昨晚妈妈把心底的话儿都掏给了她。这会儿,对钟姨的一切言行,肖玲丝毫不感意外。尤其是她知道钟姨至今还是孤身一个,默默地工作在前三岛上时,心里说不出是怜悯、惋惜,还是爱与恨!

肖玲悄然退出病房,轻掩上房门。楼梯口,她忽然望见妈妈正盘腿坐在楼下花坛旁掐草棒儿……肖玲欲前又止。她不知见了妈妈该说什么!

回头,钟慧从病房出来,冲肖玲吃力地拉拉手,说:"谢谢你,小玲!谢谢你妈妈……"

肖玲低着头,没有吱声。

"我回去了。有特殊情况,请再给我打个电话!"

肖玲点点头,算是答应。

钟慧转身走了!

肖玲望着她的身影,直至彻底看不见,才回头去花坛旁找妈妈……


## 尾声


半月后。肖成大难不死。出院那天,全家人坐在小轿车里。肖玲忽然想起钟姨,瞪两大眼问爸爸。

"爸,有个人从很远的地方看过你,你知道吗?"

"谁呀?"肖成扭头看女儿,却对着前排的老伴发问。

肖夫人目不斜视,盯着正前方,极轻松地回答了两个字钟慧。

"她来干什么?"肖成蹙起眉,显然有些不悦。

"装什么糊涂!"肖夫人心平气和地说:"不是你点名让她来的吗?!"

肖成思忖半天,冷不丁冒出一句:"乱弹琴!"

随后,单手捂脑门,半躺在靠背上,似乎是睡着了……

小轿车平稳地拐过一个弯,又拐过一个弯。到家了。

# 姜莲

## 一

姜莲说她头晕了。

其实,好几天以前她的头就有些晕。她一直没有说,她不想说。她觉得说也没有多大意思,还不是请个郎中来把把脉。然后,就逼她喝那苦苦的药。

这小半年,大太太说她月经不调,逼她喝了很多那种黄马尿样的苦药。

姜莲压根儿不知道,她月经不调,是因为大太太在她的饭里、茶里,偷放了禁胎药。

姜莲正是因为误吃了那些禁胎药,整天萎靡不振。

吴老爷同样蒙在鼓里,他看姜莲病病歪歪的怪烦人,就不晓得大太太在姜莲身上使了坏。

今天,姜莲感觉她的头晕得有些厉害了,就跟吴老爷说:

"我的头晕了!"

吴老爷问她:

"晕得厉害吗？"

姜莲没有吱声。

姜莲在吴老爷面前，试着想往上起，可头一沉，一下子就歪在枕边。随即，她那一头浓密的黑发，就那么散落在她的脸上、枕上、和她雪白的颈上了。

吴老爷说："是不是晕得很厉害？"

姜莲说："也不是太厉害。"

"要——要去叫黄天成？"

黄天成是"天和店药房"的郎中。

姜莲没有吱声。

吴老爷想，那就去叫"天和店"的人来看看吧。

吴老爷是淮河口这一带的首富，与"天和店"多年都有些来往。

吴家大院里，老老少少几代人，不管是哪个头痛脑热，只要捎个话去，别管是刮风下雨，"天和店"立马就会派人来。

当然，吴老爷对他们"天和店"向来也不薄，每到节日，尤其是赶上中秋、春节这样大点的节日，吴老爷总是让管家送些甜梨或鱼肉过去。

黄家祖辈在淮河两岸行医，自然懂得敬重大户的一些医道。每年，一到春、秋时节，天气变化的反差大，各种流感盛行了，既使吴老爷不上门请他们，他黄天成也会主动带上店里的伙计，来给吴老爷及家人把把脉。送些预防性的药草来。

吴老爷家几代人，对"天和店"的先生、伙计都是熟悉的。

唯独这姜莲，她是吴老爷年前才娶进来的小妾，虽吃过"天和店"配的药，可她，还没见过"天和店"的郎中哩！

原因是那些药，是黄天成配给吴老爷吃了提精神的。可吴老爷回来就动员姜莲和他一起吃，吴老爷很想让姜莲给他生个"秋扭子"。可他，就是不知道姜莲吃得再多也没有什么用，大太太每天都在着法子让她误吃禁胎药哩！

大太太不想让吴老爷再留后人了，家里已经是儿大、女大了。答应他娶个小妾，是让他老来欢心的。

再说那姜莲，原本也不是什么正路货色。她是扬州一个银商送来的，她没来吴家之前，是扬州一大户人家的使女，只因眉眼儿长得周正，搅得人家老爷、少爷争风吃醋，被赶了出深宅大院。

吴老爷之所以收留了她，就恋她年轻、漂亮。

哪知，那姜莲自从走进吴老爷家，就像是一朵枯萎了的花，没了昔日的风采不说，还处处受到监视。大太太暗中有话，不让她走出吴家后院半步。好在吴老爷还喜欢她，常把她的冷暖挂在心上。

吴老爷在吃早饭的时候，把姜莲头晕的事，说给了主事的大太太。

大太太心事重重地问："她想不想吐？"

吴老爷没有吱声。

大太太自言自语地嘀咕了一句："是不是有喜了？"

吴老爷没有说话。放下碗筷，转身奔大门口的马车去了。

<h1 style="text-align:center">二</h1>

早饭过后，"天和店"来了个小郎中，二十出头岁数，穿双排扣学生装、留风扬头。

大太太不认识他，问他是黄家的什么人。

他说他是黄天成的小儿子，小名叫小岩，大名叫黄小岩。

大太太想起来了，问他："就是送到镇江学堂读书的那个？"

黄小岩点头说："是！"

"哟！这孩子有出息，而今学成归来，能代替父亲出诊了。"大太太轻拍下黄小岩的肩膀，让他先吃点水果，在客厅里等候，随让身边的丫头，去告诉姜莲，"天和店"来人了。

这时刻，黄小岩见吴老爷不在跟前，就问大太太："吴老爷呢？"

大太太说："他呀，向来不问这些婆婆妈妈的事。"

吴老爷好赌。

每天,大太太陪他吃个早饭,说些前一天处理的几件大的事情。吴老爷哼哼呀呀地听着,多数时候,也不怎么表态,搁下饭碗,院子里小花园边站站,解个小手,或是交代花园里的那一株花呀、草的该浇点水了。然后,就奔大门口的马车去了。

接下来,就听到那马铃声"叮铃叮铃"地响出小街,响上淮河大堤,直奔城关的大道去了。

那里,有赌局,也有戏院。

吴老爷大都是白天听戏,晚上耍赌。

吴老爷听戏不是太认真,好多时候,他听着听着,就在戏院里睡着了,可能是年岁大了的原因。有时,台上一声长吼! 他又醒了,可过不了多大工夫,他又睡了。

晚上耍赌,他很有精神,少则三更,迟则天明,才能听到他回来的马铃声。有时,还三五天不回来。

家里新来"打短"的伙计,常有正月十六进门,一直到秋后算账,都没见过吴老爷的。

吴老爷虽有百亩良田,十几头骡、马,可家里家外的大小事情,都由他的大太太和他的管家撑管着。他只管去听戏,赌他的小牌。

近一段时间,只有姜莲的事,他还放在心上。除了姜莲,他什么都不过问。尽管如此,他也不是过问得太细。

早晨,大太太陪他吃早饭时,他只跟大太太说了声"姜莲头晕了",剩下的事,他一概不管了。

大太太可是个心细的人,吴老爷一跟她说姜莲头晕,她马上想到那"小蹄子"是不是有喜了? 别看吴老爷干瘦如柴,那姜莲可是六月的鲜荷,滚珠含翠哩!

刚进门的候,大太太几次板下冷脸提醒姜莲:"老爷出去一天,很累! 晚上,要早些关灯睡觉!"

那话里的意思,就是告诫她姜莲,不许和老爷缠绵太久。老爷年岁大了,会吃不消的!

眼下,不光是缠绵太久了,看样子,还要怀上"犊子"哩!

大太太现在请来"天和店"的小郎中,并在吃茶的时候,一再交代他:不管诊断出啥毛病,一概不要让姜莲知道。

那个叫黄小岩小先生,连连点头,算是知道了。

大太太看事情已交代好,这才亲自领他到后院姜莲的西厢房。

吴老爷家的大院呈"出"字状,四周还环绕着一人多高的院墙。

前院,长工住着。他们一概不许到后院里去。前院的院子里还有骡马、大车什么的。

后院里,是老爷的内室。

大太太住在正房,东厢房里原先住着二太太。前年,二太太难产,母子撒手西去了,那房子一直空着。当初,要不是二太太撒手西去,她姜莲也不会走进吴家的高门大院。

那阵子,正是吴老爷思念二太太的时候,扬州银商给他送来了姜莲,大太太几乎没说一个"不"字,就让姜莲住进了西厢房。

西厢房里,多少年来都是空着的,平日里只放些过年用的红灯笼什么的。到了晚上,也只是廊檐下挂个灯笼取个亮儿,屋子里向来都是黑灯瞎火的。可自打那姜莲住进去以后,就大不一样了!

那姜莲真不愧是大户人家的丫头,可谓是见过大世面的,弄了些书画挂在四壁,屋里的气氛一下子就不一样了。

大太太不知道她挂的是什么东西,只猜是些江南的"小桥流水"。

可今天,这位镇江学堂读过书的黄小岩,一走进姜莲的西厢房,就被主人的儒雅气震慑住了!他曾听说过吴老爷娶来的姜莲,是扬州大户人家很有些才情的丫头,琴棋书画都懂些,今天未见其人,却先读其画了。

一时间,黄小岩的眼都不够用了。

大太太先让他坐外面等候,她去里屋看姜莲准备妥了没有。

姜莲的西厢房,分内外两大间。

外间,也就是黄小岩进门所看到的,有香几、方桌、圈椅、两边墙角还有两个高高花架,花架上放的不是花,而是用两块紫红色灯绒布罩着,各摆着两个造型别致的假山盆景。四壁皆悬挂字画。黄小岩刚想走近些,看那盆景的情趣,大太太便撩开里间门的帘子,轻唤一声:

"请!"

黄小岩措手不及的样子,忙收回目光,拎着他出诊的药箱,迈向里间。

里间的光线虽没有外间的好,但,西边墙上有一个透光、透气的窗户,这个窗户外间里没有。美中不足的是有点高了,窗口也小了点,好在大太太把床头的灯点亮了,屋里的光线显得分外柔和。

姜莲躺在帐中,只伸出一只嫩藕一样的胳膊。细看,几条淡青青的细管,清晰可见地分布在她白嫩的腕上,如同白雪覆盖下的小溪一样,清澈、美丽。

黄小岩真不忍心把他的手放上去,他担心他的手放到那洁白的腕上,会让她像洁白的雪一样融化掉。

可大太太在他进屋前,已经给他选定了位置。一个方方正正的小凳子,不高不低地放在床前。黄小岩坐上去,姜莲那白得晃眼的腕儿刚好就在他的眼前。黄小岩没敢看帐中的姜莲是个什么样子,只见她的兰花指,半拢半握着,指甲上,还涂着浅红色的指甲油,无比媚人。

黄小岩在镇江学堂读书的三年里,接触过不少的江边水乡的女子。她们个个都像姜莲这样皮肤白嫩。尤其是扬州的女子,更美!

扬州自古出美女,乾隆皇帝下三下江南,每次都因扬州女子的美丽而久居扬州。黄小岩多想抬头看看帐中的姜莲到底有多么的美,可大太太始终站在他的身边,黄小岩只好把脸拐在一边,目不斜视地去搭她的脉搏。但,就在他起身外出的时候,他还是不由自主地向帐中望了一眼。

恍恍惚惚中,他似乎看到床上的姜莲,秀发如绢,散落在枕边。别的,什么都没看到。

大太太把他领出门,悄声问他:"怎么样?"

黄小岩说:"没有什么,只是有点内虚!"

当下,大太太就明白,那姜莲自打吃了禁胎药,每天都不想吃东西,老是恶心要吐。想必,是药力拿的。

黄小岩问大太太:"她错吃什么东西了没有?"

大太太失口否认,说:"没有呀,她什么都没吃。"

黄小岩哪里知道,大太太给她吃了很多禁胎药。

黄小岩随开了个方子,让姜莲多吃些银耳、大枣、胡萝卜之类的补品,并说,即日就可好转。

大太太忙吩咐身边的婆子记下了。

回头,大太太送黄小岩出门时,黄小岩主动说:"过两天,我再来给看看!"

## 三

两天后,一个风和日丽的上午。

黄小岩独自提着药箱,来到吴家大院。

那时间,吴老爷早坐着马车,"叮铃叮铃"地到镇上听戏、耍钱去了。大太太一大早看天气晴好,也要了辆马车,叫了两个婆子、丫头陪着,到附近的农庄里去看看去了。家里边,只有二道门守门的胖婆子和几个养花弄草的小丫们陪着姜莲在后院。

黄小岩被胖婆子堵在二道门。

那胖婆子人高马大,四十几岁的样子,一脸的满不在乎。她明知道黄小岩是"天和店"的先生,却偏要问他干什么来了?

黄小岩早知道吴家的后院虫鸟都难飞进去,原来正是有这样的婆子把守着。黄小岩斯斯文文地说:"我是来给少奶奶看病的?"

那胖婆子上一眼,下一眼地打量,问他是哪个让他来的?

黄小岩说:"上天和大奶奶定好的。"

胖婆子头一歪,说:"不对吧,今儿大奶奶不在家呀?"

黄小岩说:"那你去问少奶奶好了?"

胖婆子没再说啥,但她还是不让黄小岩进去。她指着门道旁一个长条凳,让黄小岩坐在那儿等候,她进去问少奶奶让不让他进去。

此刻,黄小岩坐立不安,他从二道门的"隔眼墙"旁,已看到院子里几个穿红戴绿的女子在浇花、拔草。当他看到廊檐下,那个倚窗而立的美貌女人就是姜莲时,他不由自主地心慌起来。

果然,等那守门的婆子放他进去时,那倚窗而立的女人已先他一步,回到西厢房里了。一个小丫头前来引路,且默默无语地把黄小岩领到西厢房。

等黄小岩举步门槛,与坐在桌边的姜莲四目相对时,那黄小岩忽而感到对面的姜莲,恰似迎面桃花!只见她面施粉黛,披绢穿纱,内白外粉的水袖长衫上,还有一银色、网状的披肩点缀着。她上一眼,下一眼地打量着黄小岩,一点都没有拘束、羞涩的感觉。

黄小岩反而被她看得不好意思起来,忙埋头放下药箱,问她:"好些了吗?"

姜莲点点头,又摇摇头。

黄小岩就近拉了一个小方凳,想再一次把她的脉。

那姜莲明白他的意图,随立起右臂,轻轻地把水袖往下抖了抖,当即,露出了她那嫩藕一样的玉臂。

黄小岩侧身和她对面而坐,轻轻地搭上了她的脉搏。

这同时,黄小岩一边把脉,一边目不暇接地张望着她墙上的字画。当他看到一幅《白塔映绿荷》的夏荷图时,不禁脱口问道:

"这是瘦西湖的白塔吗?"

姜莲愣了一下,心想,他怎么晓得这是瘦西湖的白塔,不说是紫禁城里的白塔呢?

天下的白塔中,只有紫禁城里北海的白塔和扬州瘦西湖的白塔极为相似。

姜莲问他:"你去过扬州?"

黄小岩没说他去扬州,他说:"我在镇江读过三年书。"

姜莲的眼睛一亮，顿时一种异地闻乡音的感觉，向她亲切袭来。

镇江与扬州，仅仅是一江之隔，且两岸船只来往方便。

姜莲猜到他一定去过扬州，并一定去过瘦西湖。但他是否知道瘦西湖白塔的来历呢？俩人相坐无语时，姜莲就问他："瘦西湖的白塔，还有一段故事，你可曾知道？"

黄小岩笑了一下，说："知道。"

姜莲也微微笑了一下，说："瘦西湖白塔的传说很多，不妨把知道的一种，说出来听听？"

黄小岩说，有一次，乾隆皇帝久居扬州，忽而想念起紫禁城。

扬州的地方官，为讨乾隆皇帝的欢心，一夜之间，用白银在瘦西湖堆建了一座白塔。

第二天，扬州的地方官们，有意领乾隆皇帝去游览瘦西湖。

当乾隆皇帝一看到那白塔时，立马产生了一种身置紫禁城的感觉，随后久恋扬州，数月而不思紫禁城。

姜莲听了，点头笑了一下，说："大体上差不多。"

黄小岩问："还有什么地方不对吗？"

姜莲说："都是传说！我知道的一种，不是扬州地方官修建白塔，而是扬州的地方官，为讨皇上欢心，敲诈当地银商，让当地银商们修建了那座白塔。"

姜莲还说，按当时地方官的要求，白塔要建成和北海的白塔一样大小。可扬州的银商们，因各啬白银，只模仿了一个样子，其塔身、底座，都没有北海的白塔那样高大。

黄小岩听了，连连点头，他感觉姜莲的说法，似乎更妥贴些。

接下来，两人的话题自然而然就多了起来……等他们并肩站在一幅幅字画前，辨认哪是扬州的五角亭、哪是镇江的寒山寺时，大奶奶的马车，却"叮铃叮铃"地响在院里了。

刹那间，姜莲下意识地又坐到椅子上，黄小岩再一次给她把脉。

就在两人指、肤相触的同时，黄小岩似乎觉得，姜莲那修长的指甲，如同

小鸟的蛋壳一样,在他的掌心轻轻地划动了一下,就一下。

四

接下数日,姜莲频频生病!"天和店"的黄小岩频频来访。

大太太虽有些生疑,可她也不好多说什么。谁让她不断地往姜莲的饭里、茶里,偷放禁胎药呢!

可这天早晨,守门的胖婆子早晨起来打扫院子时,走到姜莲西厢房的窗户底下,捡到一枚男人的衣扣。

那胖婆子原本是大太太的娘家人,自然向着大太太,她把那衣扣藏在手里,神神秘秘地递给了大太太,并添油加醋,说她昨晚听见少奶奶房里有响动,早晨起来,围着她西厢房这么一转悠,就发现了这枚男人的衣扣。

胖婆子分析说:"这一定是哪个野男人翻窗子时,从窗棂上刮下来的!"

大太太接过那枚衣扣,让胖婆子不要声张。

但,大太太当天就找来前院的管家,让多备些厚厚的木板和长钉,把姜莲的西厢房的窗户给钉上,并叮嘱:

"越牢实越好!"

那时间,正值七月流火,西厢房原本是西晒日,再关死那唯一的透气窗,可让姜莲怎么受得了!

南院里的管家还算有良心,他跟大太太说:"大奶奶,那天窗一封,少奶奶房里是要热死人的!"

大奶奶很不高兴地训斥管家:"让你封,你就封,哪来的这么多废话。"大太太还说,要不把那天窗封上,院子里进来贼怎么办!

管家很想说这么多年没封那天窗,后院都没进来贼,怎么少奶奶一住进去,就引来贼的呢?但,这话那管家只在心想,他没敢说出口。他只有按大太太的话去封窗户。

哪知,真要封那天窗,姜莲哭哭泣泣地不干了,她质问那封窗的伙计:为什么单封她的天窗?

那伙计踩在高凳子上,"叮叮咣咣"砸着钉子,让她去问大太太。

姜莲去找大太太。

大太太说,这都是南院管家的事,让她去找管家。

姜莲派人去找管家,哪里还有管家的影子哟!管家早躲着不见了。

可巧那几天,吴老爷去镇上听戏、耍钱,彻夜不归。姜莲在屋里闷死、热死,也没人管她。

好歹这晚吴老爷回来了。姜莲哭哭泣泣地说了封窗的事,吴老爷当时虽没有吱声,但第二天早晨,大太太陪他在院子的葡萄架下吃早饭时,吴老爷阴沉着脸,问大太太:

"这么热的天,怎么把西窗给封上了?"

大太太看左右两个丫头,给她们使个眼色,让她们下去。

接下来,大太太就亮出了她早就准备好的那枚男人的衣扣。并准确地说给老爷,这是黄天成小儿子的那一件衣服上的……

当下,吴老爷的脸色更加阴沉了!

但他思谋再三,还是告诉大太太:

"把那窗户打开。"

"干吗?"

大太太一脸的不理解。

吴老爷说:"可以找些铁丝,拧个网子吗!"

这可是个两全其美的主意。

当天,大太太就让人把西窗的木板拆下,换上了粗铁丝拧成的网子。

这一来,姜莲无话可说了。

但,姜莲却真真切切地病倒了!

开始两天,大太太不管不问。

后来,大太太听说姜莲滴水不进,且眼圈、嘴唇都干紫了,这才跟老爷合

海边有座红房子

130

计,该去"天和店"请先生了。

吴老爷捻着几根有数的山羊胡子,思谋来,思谋去,自个坐上马车,亲自去了"天和店"。

时候不大,吴老爷真请来了"天和店"的先生。但,不是那个白面书生的黄小岩,而是黄小岩他爹——黄天成。

马车在大门口停下时,大太太一看是黄天成,就明白了老爷的一片苦心,她先让家里人备些水果、清茶,让吴老爷陪他在院里的葡萄架下等候着。她亲自去告诉姜莲,说:

"'天和店'来人了,你起来吧!"

姜莲真认为是黄小岩来了,硬撑着起来梳洗了一下,轻施了淡妆,便倚在床头等那黄小岩。

可她,怎么也不会想到,老爷请来的是黄天成。

当下,姜莲一下子就摊在床上了。任凭老爷、大太太们怎样说,她死活不看病了,只说:"我不想活了!让我死去吧!"

一旁的大太太把她这几天的病状说了说,黄天成开了个药方,便草草地退出去了。回头,等黄天成要回去时,吴老爷独自送他到大门外,并在他坐上马车时,捏出那枚男人衣扣,问他:

"这是不是你家小岩的?"


五


黄天成在一夜之间,决定要给他的小儿子黄小岩办婚事。

黄小岩从小和他姨家的表妹订了娃娃亲,要不是前两年他到镇江去读书,只怕是现在早就抱上娃娃了。而今,有吴老爷送给的那枚"衣扣",促使他这当爹的,快点把儿女的婚姻大事给办了。省得再这样拖下去拖出乱子来。

正式婚期定下以后,吴老爷也收到大红的请束。

前去赴宴的那天早晨，吴老爷剃了胡子、修了面，和大太太一起乘上马车，就在那马车路过二道门时，大太太忽而让马车停下，她告诉那个守门的胖婆子："等会儿，我们走远了，你去西厢房告诉少奶奶，就说我们参加黄家小儿子的婚宴去啦！"

那胖婆子一脸坏笑地点点头。

可大太太哪里想到，当姜莲知道这个消息后，她将一条长长的白绢系上西窗，静静地吊死了。

# 小林乡长在连山

## 清官

小林要到连山任乡长。上任的前一天晚上，县委办几个要好的同仁为他送行。酒桌上，有人说连山乡的前任乡长、书记，都栽在那湾穷山恶水的鬼地方。告诫小林千万不要沾上那地方的邪气。

小林深深地喝着酒，心里边暗暗地拧着劲儿！他才三十出头，以后的路还很长，他不会为美女所动，更不会为金钱所动，他要好好干一番事业。

第二天，恰好双休日，一大早，小林别出心裁地骑辆破旧的自行车，来到了连山乡最偏远的一个自然村——大洼村。

小林想以康熙私访的形式，提前介入乡里的工作，深入了解一下当地村

民对乡村两级干部的敌对情绪。

一进村,小林见路边一个挖沟泥的大爷,正抡圆了膀子,从路边的小水沟里往外捞污泥,小林便停下车子,问他:"这是大洼村吧?"

那大爷说是。

小林扔过一支烟,想跟他拉拉呱。那大爷见他是城里人模样,停下手里活,也想跟他拉拉呱。

小林问他捞沟里的泥是干啥的,那大爷说是积肥。

小林问:"不是有化肥吗,还用捞污泥积肥?"

那大爷说:"如今,我们农民也跟你们城里人一样,知道'绿色食品'对人体有好处,不愿意吃施过农药、化肥的粮食。"

小林想,这大爷讲的,和他掌握的农民买不起化肥、农药还有些差距哩!于是,小林就想跟那大爷深聊聊。小林谎说他是省农学院的讲师,利用休假的时间,到农村来了解一下情况,想写一篇新农村的调查报告。

那大爷一愣!瞪大了两眼,问:"你是省农学院的?"

小林说:"是呀!"

那大爷满脸的皱纹,笑成一朵绽放的墨菊,跟小林说:"俺家小二子,就在你们农学院读书,你可要好好给俺照顾照顾哩!"

小林想,这下糟糕了!他说谎话说到二十四点上了,万一这大爷再问他在农学院教什么,是不是他们家小二的辅导员、班主任之类,他可就露馅喽!

好在那大爷并没有去打听农学院的事,反倒一下子跟小林亲热起来,扯住那小林,非让到他家里坐坐不可。

小林想,去坐坐也好,顺便看一下农民家中的粮屯子、菜篮子,以及圈里的猪呀羊的。可当他真的走到那大爷的家中时,还真被他家的摆设给惊呆了!

坐北朝南的一栋二层小楼,外面贴着白瓷砖,屋里铺着地板砖,紫红色的大沙发,摆在正面的客厅里,城里的科局长家都比不上。小林正点头说好时,那大爷忽而喊他屋里的女人,说他娃学院里来人啦,让老伴快抓把米,把跳到平房顶上的那只红公鸡给哄下来杀了。

那时间，已经是上午十点多钟了。小林嘴上说不在这吃饭，不在这吃饭，可他转而又想，快中午了，走到哪里也得吃饭，实在不行，等会儿给他饭钱就是了。有了这样的想法，小林就坐下不走了。

回头，那大爷跟小林在屋里喝茶时，家里又陆续来了两三个年轻的俊媳妇，她们是来帮着烧火做菜的。

功夫不大，鸡呀鱼呀的，三四个大盘子端上来了。小林有些不大好意思，摸过碗要去装饭。那大爷从桌子底下摸出一个小塑料桶，"咚咚咚"给小林倒上了满满的一茶杯酒，说是乡下的散酒，随便喝两杯吧。

小林不想喝，他还想多跑跑转转哩。可那大爷硬让他喝。小林端过那满满的一大茶杯酒时，想再找个茶杯倒出一半来，他想喝两口，表示个意思就行啦。可那大爷非常热情，他把桌子上的茶杯全都收起来，不让他乱倒，非让他喝不可。

小林想：好好好，入乡随俗，喝就喝吧。端起酒杯先抿了一小口，感觉味道还不错，再喝时，那大爷一劝再劝，他也就往深里喝了。头一杯还没喝光，那大爷又把他的杯子摸过来，"咚咚咚"给添满了。

小林摇着头，说不能再喝了。

可那大爷把他的杯子端起来，与自己的杯子碰得"叮当"作响，一再跟小林说："碰过杯子了，喝！"

小林点头，说："喝，喝，喝！"

他们是上午不到十二点坐下来喝的，一直喝到下午三点多，要不是小林说他天黑之前，还要赶到县城去，那大爷还要跟他晚上接着喝。

小林摇着头，说："不能啦，不能啦！"

小林说"不能"的时候，桌子上又上了几道菜。但，那时间小林已经醉了，他不知道自己喝了多少酒，也不知道人家上了多少菜，只记得他要离开大洼村时，是那大爷找了辆"小黄虫"，把他连人带车，还有一些乡下土产什么的，一起装进了"黄包车"。

第二天，小林醒酒后，看看那大爷给的板栗、山蘑菇以及五六只活蹦乱

海边有座红房子

跳的大公鸡,心想,那大爷是真把他小林当成孩子的老师了。

可他压根儿就没想到,小林头一天晚上,跟县委办公室几个人一起吃饭时,他曾说,他要到连山乡最穷的村里先去私访一趟。

可巧,那家饭店里有个端盘子的小姐是大洼村的,她连夜打电话给她们村长。村长得到消息后,就安排他的老岳父暗中接待。

当天小林吃的鸡呀鱼呀,都是村里报销,那就不在话下了。关键是那小塑桶里的"散酒",那可是四百八十块钱一斤的精装茅台,开瓶后,散装在桶里的。小林和村长的岳父一顿喝了三斤多!

## 抢水

小林到连山任乡长不久,赶上连山大旱,大片的庄稼枯死,个别村里牲畜饮水都成了难题。

这天早晨,小林乡长刚起床,还没来得及刷牙,分管农业的侯副乡长堵他门口跟他讲,说连山湾村又要组织抢水了。

小林乡长哼哼哈哈地没当个事情,后来,听侯副乡长说是不是请派出所出面制止一下的时候,小林乡长这才意识到问题有些严重了。小林乡长斜披着衣服,蹲在走廊的水泥台边上,边挤牙膏边说:"这样吧,吃过早饭,我们一起去看看。"

吃过早饭,小林乡长招呼侯副乡长,两人各骑一辆自行车奔连山去了。

路上,侯副乡长跟小林介绍,说连山湾用水,向来是个大难题。过去曾和冒山乡联合挖过一条引水渠。问题是水是从冒山引来的,一赶上旱天,冒山那边就把水源给断了。为这事,连山湾曾多次把上游的闸门砸了,庄稼糟蹋了,惹急了眼的时候,两边还铁锨、榔头地干过哩。

小林乡长一路听着,没怎么说啥。事实上,他也不知道该说啥。小林乡长来连山之前,是县政府的秘书,中间曾下去挂职,锻炼了一年,乡里的大小事情多少知道点。但，猛不丁地下来任乡长，还真有点摸不着深浅哩。他问侯副乡长，过去发生类似的事情，都是怎么处理的？

侯副乡长笑笑，含糊其辞地说："不了了之！"侯副乡长还说，农村的事，复杂了。

说着说着，他们就到连山湾了。

远远的，望见村部门前聚集着一群人，当看到他们人人都持有铁锹、镐头时，侯副乡长说："又在战前动员！"

小林乡长没有吭声，但他紧皱着眉头，猛踩自行车，赶到跟前时，因为没有人认识他，大伙都围到侯副乡长这边来。

当下，侯副乡长也没急着介绍小林乡长，侯副乡长冷板着面孔，很是不高兴地训斥村里的干部："你们要干什么？嗯！"

这期间，侯副乡长叫人把村部的门打开，先把小林乡长安排到屋里，随后，又让村里的干部把群众疏散开。等村里的干部得知小林是新的乡长时，都围过来向小林诉说连山湾的旱情和冒山乡"断水"的事。

小林听到最后，问侯副乡长："冒山那边的旱情怎样？"

侯副乡长说："他们好多啦！"

村里的干部跟着补充说："他们主要是占着河的上游。"

小林乡长思谋了半天，说："这样吧，我们不要去抢水了。我们组织一下，去冒山那边学习学习人家抗旱的'经验'吧！"

大家都不理解。

大家都瞪圆了眼睛，静静地看着小林乡长。

沉默中，都觉得这个小林乡长的做法很幼稚。尤其是联想到过去两个乡争水、抢水时发生的不愉快，没有哪个同意去冒山学习的。

但，小林乡长硬坚持要去。

小林乡长说两边为水的事，老是这样打打闹闹的也不是个办法。小林乡长还说，冒山乡的书记、乡长他都很熟，我们去学习，他们不会不给面子的。

于是，小林乡长就领着连山的乡、村两级干部去冒山乡参观学习。其间，

海边有座
红房子

还专门请他们介绍抗旱保苗的"宝贵"经验,半字不提连山缺水、要水的事。

几次"学习"以后,冒山的干部坐不住了,尤其是冒山的书记、乡长猜到小林的来意后,很是不安地拉着小林乡长的手说:"是我们的工作没有做好,给你们抗旱带来难度,你们不要再来了。"

几句话,说得小林乡长也动了感情。道别的时候,小林乡长眼圈湿润润地说:我刚上任,请你们多支持我的工作。"

对方的书记、乡长紧握小林的手,谁也没有再说啥。

可好,当天小林乡长还没返回连山,冒山乡那边就把通往连山干渠上的所有闸门,全部打开了。

## 送温暖

一进腊月,舞舞扬扬的两场大雪,断断续续地下了十几天,把个大山深处的小小连山乡,抚弄成一片冰雪的世界。

青的松柏,红的砖墙,掩映在厚厚的积雪里,若不是那辆绿色甲壳虫一样的吉普车,进进出出在乡政府大院里,你会觉得这大山深处的一切,都被冰雪凝固了。

乡政府,一连几个座谈会、联欢会,以及慰问地方官兵的活动,都因大雪封山而耽搁了。

眼看,已近年关。

这天,一大早,小林乡长就把民政办的老吴叫到他办公室。说雨雪再大,也不能再等了。

小林乡长翻出前几天老吴列给他各村军烈属以及五保户、老党员一览表,问老吴:"慰问的礼品都准备好了?"

老吴递过一支红塔山,先给小林乡长捧上火,又给自己燃上,轻轻地吐着烟雾,说:"和往年一样,不买东西,每户军属给四十块钱,烈属给一百,老党员和五保户什么的,享受军属的待遇,也是四十块钱。"

小林乡长想:这大过年的,买点鱼呀肉的,送到人家门上多体面! 专门送几十块钱去,是不是有些拐扭?

但,这话小林乡长没有说出口,他来到连山乡任乡长时间还不长。老实讲,眼下这个春节,是他到连山乡的第一个春节,好多事情,还要按老规矩来。

小林乡长数了数慰问表上的名单,说:"这么多人家,要跑几天?"

老吴说:"我们有重点地跑几户,剩下的,交给各村,让村干部给送去就行了。"

小林乡长略顿了一下,告诉老吴:"你去办公室告诉陶主任,让他把吉普车给我留下。"随后,小林乡长去里间,换上了他春秋天爬山穿的耐克鞋。

第一站,是全乡最远的一个小村——连山湾村。

车上,小林乡长问老吴:"连山湾村有多少户军烈属? 多少四七年以前的老党员?"

按照县里的文件规定,只有四七年以前的老党员,才享受政府的津贴。本地是四八年解放的。

老吴翻了半天表格,只说连山湾村有多少户军烈属,对连山湾的五保户、老党员什么的,他一时间还拿不准。老吴跟小林乡长解释说:"有些老党员、五保户,都七八十岁了,说不在就不在了。"老吴说,等会儿到了村部,再跟他们村干部具体核实一下。

小林乡长没有吱声,但,他对老吴模糊不清的数字,很不满意。

此刻,吉普车已左摇右晃地进入了山区小道,小林乡长紧抓住车前的扶手,瞪大了两眼,紧盯着前面白雪覆盖的弯弯的山路。等望到前面山嘴的拐弯处,站着一群人时,老吴指给小林乡长,说:"村里的干部已经等在村头了。"

小林乡长的车子一出乡政府大院,办公室的陶主任,就给连山弯村打电话,让村里的干部们准备接待。

这会儿,村部的花生、瓜子什么的都准备好了。

按往年的常规,乡里下村来慰问的干部,到村部喝杯茶,剥几个花生、瓜

海边有座
红房子

138

子,有村里的锣鼓队引路,象征性地看望一两户能说会道的老党员。民政办的老吴,再跑前跑后地举起相机,"咔嚓咔嚓"地拍几张照片,就算是慰问到千家万户了。

可今年,小林乡长非要拿出名单,一家一家地慰问到户不行。

小林乡长说得也很有道理,他说他刚到本地工作,有些老革命、老党员,都没有拜访,趁这个机会,一家一户地走走。

哪知,他这一走,露馅了——表格上列出的连山湾村的十八个老党员,有十二个已经不在人世了,九个五保户,目前也只有两个。其中,有三个老党员,五年前就死了。

小林乡长冷冷地板着脸,看着村里的干部和民政办的老吴,问他们这是怎么回事。

老吴支支吾吾,说不出个子丑寅卯。

村支书看事已经败露,便把责任全揽过来。

支书说,他们保留了那些已故的老党员、五保户的名额,目的,就是想多领点抚恤金,以补贴村里的开支款。

说这话的时候,村支书自感心中有愧,没等小林乡长批评他,自个先把头低下了。


## 午夜电话

下午,大约两三点钟的时候,小林乡长到前楼土地办想去说个事情。上楼,第一间房子,是土地办财会室。小林乡长从门口经过的时候,一个叫姜小铃的年轻女会计正趴在桌上睡觉。小林乡长不是找她的,径直从门口走过去,也没有打扰她。

小林乡长是找她们寇主任的。

可巧,寇主任的房门锁着。其他几间办公室的门也都锁着。

小林乡长往回走时,就走进了楼梯口姜小铃的会计室。

那时间,姜小铃正把一个灰乎乎的麻袋包似的沙发垫儿垫在桌边,趴在那儿打瞌睡。

小林乡长走进来,问:"你们主任呢?"

姜小铃一抬头,见是小林乡长,不知是羞于她当时睡意蒙眬的样子,还是见到小林乡长大驾光临产生了畏惧感,刹那间,雪白的小脸,腾地一下红到脖子,且,语无伦次地说:"乡长……林乡长……"随把她垫在桌上的沙发垫儿,放平在旁边都塌了框架的沙发上,让小林乡长坐。她自个忙转身去门后洗脸架上找毛巾。

这时,小林乡长看到那个脏乎乎的沙发垫儿,已被烟头烧出了一个灰乎乎的洞,露出里面金灿灿的海绵,若不是他小林亲眼看到,他怎么也不会相信,眼前那么年轻、漂亮的姜小铃,怎么会把一张白白的脸蛋儿,贴在那样灰不拉几的沙发垫上睡觉,竟然睡得很香!小林乡长走到她跟前,她丝毫没有察觉到。

小林乡长问她:"土管办的人呢?"

姜小铃背对着小林乡长,擦着脸说:"都去连山湾了。"小铃说连山湾扩建小学,要拆迁两户民宅,遇到一点麻烦。

"寇主任也去了?"

"大伙都去了,就留我一个人看家。"

这时候,姜小铃已梳洗好,并用她自个的杯子,给小林乡长倒了一杯白开水,递给小林乡长的时候,她还解释了一句,说办公室的茶杯都砸了,这是她自己的杯子。

小林乡长礼节性地接过那杯水,但他并没有想喝的意思,他问姜小铃:"你在土管办是干什么的?"

小铃说:"干出纳。"

"来了几年了?"

"不到三年。"

"是学校分配来的吗？"

"扬州财校的。"

小林乡长轻噢了一声，没再多问，因为小林也是扬州财校的。想必，这一点姜小铃早就知道了，只不过人家现在的地位都高，她不好跟人家套近乎罢了。

但，小林乡长还是多问了她几句，知道眼前的姜小铃结婚时间不长，还没有孩子，丈夫在本地不远的一个武警支队做指导员。

小林乡长说了几句让她"好好工作"之类的话，水也没喝，就离去了。

当天晚上，小林乡长都洗脚上床了，姜小铃忽然打来电话。

小林乡长的小家在县城，每周六下午回去，星期一一大早，乡里的吉普车再去接回来，平时，吃住在乡里。他床头的电话跟他办公室的电话是串起来的。

姜小铃在电话中，提到下午上班打瞌睡……被林乡长遇见了，感到很不好意思。乡机关有规定，上班时间打瞌睡，抓到后，是要扣奖金的。

哪知，小林乡长根本没记住她打瞌睡的事，只是觉得让她姜小铃趴在那样的沙发垫上睡觉，真是有些委屈她了。

小林在电话中跟姜小铃说："没事没事，我们还是校友哩！"

这句话，一下把他们之间的距离拉近了。

接下，姜小铃在电话中跟小林乡长说了很多乡里的事，尤其是谈到乡里的"关系网"时，她提醒小林千万不要缠到里面去。

小林知道她说的是肺腑之言，感激之后，还让姜小铃以后多支持他的工作。

小铃呢，还真是打内心里支持着小林，尤其是小林乡长在上面听不到的事情，她总是利用电话的形式，跟他说说。

他们不止一次的在午夜通电话。其中，有一回，是小林打给她的，两人一口气说了一个多小时。

等到他们之间的话题，用电话不好表达的时候，小林乡长似乎意识到，他似乎对姜小铃有了依恋。


## 大案


一群落在办公楼门前台阶上找食吃的麻雀,"腾"的一声,"叽叽喳喳"地飞上楼顶和乡政府大院里的白杨树上时,办公室主任陶家祥领着他的小孙子,已经走到大院中心的花坛那儿了。

星期天,乡政府大院里静得很。

陶主任想给省城读书的小闺女打个长途电话,才领着小孙子,转着玩一样转过来。

上楼,看二楼走廊东头有根小树棒,那地方是小林乡长的休息室,陶主任怕附近的小孩子到大院里来瞎乱玩,走过去一看,小林乡长房门的锁鼻子被人撬断了!地上的那根看似小树棒的东西,原来是二楼卫生间用来捅下水道的一根铁棍。

乖乖!乡政府大院进贼了!

陶主任一把捉住四处乱跑的小孙子,保护好现场,就给派出所打电话,让他们赶快派人到乡政府大院来。陶主在电话中说:"林乡长的房间被盗,你们赶快派人来!"

乡政府大院里,有小林乡长两个房间,一个是他的办公室,里外套间,外面是小会议室,里面是小林乡长办公的地方;再一个就是现在被盗的休息室,一门一窗,紧挨在二楼东头拐角的地方,很避静!没挂任何门牌,大院内的人,都知道那是小林乡长的休息室。小林乡长不回县城的小家时,就住在里面。平时,门窗常关着,就连陶主任都很少到他的休息室里去。是谁赶在小林乡长回城县的时候,把他的房间给盗呢?

派出所接到报案后,所长、指导员亲自驾车来了,三、四个民警,还有联防队员什么的,仔细地查看了现场,反复地拍了照片,在询问被窃物件时,陶

主任把所长和指导员单独领到会议室。陶主任十分冷静地说："今天是星期天,林乡长难得回县城休息一天,我们能不能先不惊动他?"但陶主任提出来:最好要赶在星期一上班之前,把这个案子破了,并追回被盗的财物!那样,对林乡长也好有个交代。

所长和指导员,是两个年纪轻轻的大小伙子,听陶主任那么一说,当场表态:要全力以赴,力争在 24 小时内,拿下这个案子。

陶主任在连山乡是"元老"了,书记、乡长不在的时候,他就能代表同级党委讲话,他给派出所调来乡政府的小车,并通知食堂的炊事员,昼夜为派出所的干警们做好后勤。大约在凌晨三点多钟的时候,犯罪嫌疑人郑大保被揪到了派出所。

那个郑大保,派出所的"常客"了,据乡政府对面小店的人提供的线索,星期六的下午和星期天上午,他两次单独溜进乡政府大院。派出所的干警们,几经周折,才在一家酒吧里将他抓到。

审讯,是在下半夜进行的。

天亮以后,所长和指导员拿着郑大保按过血红指印的笔录,找到陶主任,说郑大保行窃的来龙去脉都记录在纸上,要不要他们亲自跟林乡长汇报?

陶主任看他们连续奋战了一天一夜,一个个眼睛都熬红了,接过郑大保的笔录大致翻了翻,说:"你们看这样好不好,笔录先放在我这里,等一会儿林乡长上班后,我先跟他把情况大致说一下,如果需要你们来,我再打电话给你们!"

所长和指导员,都点头说:"好!"

八点多一点,也就是小林乡长回到办公室,门窗打开想透透室内空气的时候,陶主任拿着郑大保的笔录进来了,开口就说:"林乡长,有个重要的事情,需要跟你汇报!"

小林乡长一边擦着桌子,一边说:"什么事,说吧。"

陶主任说:"有一个小偷,到你的房间里盗窃东西,已被派出所连夜捉获!"

"噢！"小林乡长愣了一下，但他很快镇静下来，问："是谁，这么大的胆子？"

陶主任递过手中的笔录，说："是连山湾的郑大保！"

小林乡长接过笔录，很是入神地看了起来，陶主任一旁掏出香烟，一手拿着打火机，一手给小林乡长递上一支，小林乡长捧上火，深吐着烟雾，晃着手中的笔录，问陶主任："这个郑大保呢？"

陶主任说："还在派出所押着，上午可能要送他去看守所。"

小林乡长放下笔录，调头去他房间里查看物件去了。陶主任随后也跟了过去。

小林乡长床上床下地看了两眼，转身跟陶主任说："他偷了我什么？"

陶主任说："材料上说得很含糊。"

小林乡长扔掉了手中的烟蒂，说了声"胡闹！"背后扔给陶主任一句："你跟我去派出所看看！"

陶主任猜到，林乡长是想把他丢失的东西跟派出所说说，这也正是派出所所要掌握的，紧跟在小林乡长的身后，一同奔派出所去了。见到所长和指导员时，小林乡长冷冷地板着脸，问："郑大保呢？"

此刻，所长、指导员都不想让小林乡长见到郑大保。

小林乡长告诉在场的人，说房门是他自己撬的。

星期六的晚上，小林乡长急着往家赶时，一时慌忙，把一串钥匙还有手机什么的都锁到屋里了，他考虑房间里除了一张床，也没有什么贵重的东西，随手去卫生间找来根铁棍给撬开了，本想等星期一上班后，再让陶主任找人把门鼻子换一个，没想到，惹出这样一桩冤枉案。

## 踩点

两辆乌黑锃亮的小汽车，一前一后，甲壳虫似的打着弯儿，慢慢悠悠地

开进后山村的村委会大院。

刚刚接到电话通知的村支书老曹,一边笑呵呵地下楼来迎接县里、乡里来的领导,一边冲大门口看门守院的四哑巴打手势——去三华家小卖店里赊两盒香烟来。

四哑巴远远地望着曹支书,先夹起两个指头,放在自己嘴边吸了两下,看到曹书支冲他点头,又伸出三个指头,验证是去三华家之后,四哑巴头一拧,极不情愿的样子,走了。

四哑巴嫌村里去三华家小店里赊烟、赊酒的次数太多了。并且,每回都指使他四哑巴去,挺难为情的。

那时间,曹支书已经把县里、乡里来的领导领到楼上的会议室。

打头的是县科委的老何。

乡里来的小林乡长给曹支书介绍老何时,先说明今年是科技帮扶,非同于往年的扶贫。然后,才介绍老何是县科委的何主任。

曹支书笑容僵在脸上,慌忙伸出一双饱经沧桑的大手,紧紧地握住老何,连声说:"欢迎,欢迎呐!——"与老何同来的还有小秦,去年刚分配到县科委的大学生,小伙子长得白白净净的,跟在何主任身边,不言不语,只是在大家都笑的时候,他也跟着笑。

小林乡长在介绍小秦时,说他是秦科长。其实,小秦就是科委的一般工作人员。小林乡长之所那样称谓他,只是好听而已。

小秦笑笑,也没说啥,坐在一旁木椅上,顺手掏出了笔和本子,随时准备记录下何主任、林乡长他们的谈话内容。

可何主任他们坐下半天,还在敬烟、递茶地寒暄。尤其是曹支书,接过何主任递过的香烟,都已经捧上火了,还口口声声地说:"你看看,领导人来了,还得让我们抽领导人的烟。"曹支书一再解释,他已经派人下去买烟了。

小秦不会抽烟,也不想喝茶,看到何主任、小林乡长他们插科打诨,没入正题地闲聊,便满屋子锦旗、奖杯地张望。

忽而,小秦的目光定格在一张大红纸抄写的"消杀人员名单"上,小林知道那是前一段时间闹"非典"时,村委会公布的"消毒杀菌人员名单"。可此刻一简化,意思就大不一样了,小秦暗自笑了一下。但,很快就把目光转向曹支书、何主任他们。

何主任亮明态度:"我们此番来,是想了解一下村里的基本情况,必要时,我们将送科技下乡。比如科学养鸡、养羊、养牛、养猪,葡萄园的种植、修剪,以及冬季塑料大棚蔬菜的科学化管理等等,都在我们帮扶的范围之内。"

"好,好!"曹支书连声说好的同时,莫名其妙地冒出一句:"去年,县民政局来扶贫时,给了我们三万块钱!"

小林乡长把话接过去,略带批评的口气,说:"帮你科技致富,不比给你几万块钱好?!"

曹支书说:"好,好!"

其实,小林乡长也盼望上面下来帮扶,能带点资金来。可县科委是个穷得连窗玻璃都换不起的穷单位,能说几句科学致富的大话,就已经不错了。

小林乡长在县委办做过秘书,县委大院里,类似于科协、科委、工会、团委那样的部门,平时想腐败都没有机会。

今天,小林乡长之所以亲自带领何主任来"踩点",一则是尊重何主任,老同志了,小林在机关时,他就是科委的负责人;再者,小林乡长想把何主任留下,中午,找个地方弄两杯。但是,按照县委的文件精神,下乡帮扶的机关干部,一律不许在基层吃喝。所以,快晌午的时候,曹支书再三挽留何主任和小林乡长中午不要走。何主任却连连摇头,说:"不能,不能!"

小林乡长也说:"走走走,我回去还有事。"

曹支书一看小林乡长也要走,就不好硬留了。

曹支书送客人上车时,还在埋怨:"这个四哑巴,让他去卖烟,死到哪里去了,怎么到现在没把烟买来!"那是说给小林乡长好听的。至于县科委的老何,烟不烟的,也就无所谓了。更别说留他何主任吃午饭了,门都没有!

但,事隔不久,村会计到乡里开会,党委办的陶主任转来一张发票,说是前几天小林乡长帮助他们村"科技致富"时招待客人吃饭的,让曹支书给报销。

曹支书一看发票，顿时就愣在那儿了。因为，四哑巴来回在三华家小店里赊的烟酒钱还没有着落，到那里再去筹措小林乡长招待何主任的那笔数目不小的酒宴钱呢?

# 扶贫

曹支书领着县科委的何主任走进汪九家院子时，汪九正窝在小锅棚里做晚饭，那时间，太阳还高高的，只见满院子烟雾缭绕，不见汪九在哪里烧火。

几只围着汪九缩头伸脑要食吃的鸡们，告诉曹支书，它们的主人正在西山墙下的小草棚里烟熏火燎呢。

曹支书不想领何主任去看汪九烧火的邋遢场景，走到当院石磨那儿，曹支书站下不走了，就手掏出香烟，递一支给何主任，自个燃上一支，两人凑在一起捧火时，曹支书唤一声:

"汪九!"

那声音，是叼着烟喊的，很亲切的!

汪九呢，正撩起灶膛里的火，烧得"噼叭"地响，压根儿就不知道曹支书领着人来了。

汪九烧的是山上拾来的松枝，油性大，引上火以后，很快就欢呼跳跃地燃烧起来，时不时地还能听到松枝的炸裂声，唯独听不到曹支书的呼喊声。曹支书拧过头，看汪九没有动静，又喊一声:"汪九! ——"

曹支书料定汪九就在西面的小锅里。

汪九的女人好多年前就死了，儿子、儿媳妇前年冬天去无锡打工时，睡"地笼"子，不知不觉地煤气中毒，双双撒手西去。撇下一对儿女，可怜兮兮地缠上了年迈的爷爷。

县科委前来挂钩扶贫的何主任，了解到汪九家的实际困难，七凑八凑，总算凑来两千块钱，以此来资助汪九家的孙子、孙女重返学堂。

在这之前,汪九已经从曹支书那儿听到消息,说是县里的大干部要来资助他们家,只是不知道人家什么时候来。但,汪九把家中仅有的一只暖水壶和两个豁了口的茶杯洗干净,摆在当院的磨台上,只可惜水壶里还没准备热水。

这会儿,汪九看到曹支书身边站着一个陌生人,猜到那人一定是县里来的大干部。第一感觉是:糟糕啦!暖壶里没有准备好热水,调头就想去小锅棚里烧水去。曹支书喊住他,说:"好啦好啦,不用啦! 你过来,我给你介绍一下。"

一时间,汪九如同一个害羞孩子,直搓手,不敢往前走。

何主任呢,不等曹支书介绍他的身份,便很热情地把手伸过去。汪九不知所措! 刚才,他在小锅棚里烧松枝时,弄得满手都是黏糊糊的松枝油,怎么好去握人家大干部的手呢。可何主任满不在乎地拉住汪九,如同走散多年的亲骨肉,问寒问暖了好半天都没有松开。

汪九激动了,浑浊的泪水含在眼窝里直打转儿。接下来,何主任递过一个红纸包,叮嘱他要好好教育孩子,汪九唤一声:"恩人呐! ——"两腿一软,要给何主任跪下。何主任紧紧搀着汪九,不让他下跪。一旁的曹支书,大声批评他:"你干什么,汪九。"

汪九这才抹着泪水,又要去刷锅,给他们烧水喝。

这时,曹支书与何主任点点头,示意这件事情,就这样了,随大声告诉汪九:"好啦好啦,你忙吧,我们走了。"

汪九拦住何主任,一定要让他喝口水再走。何主任又一次拉住汪九的手,再三嘱咐他:"要让孩子们念书!"

汪九连连点头,说:"是是是!"

回头,何主任走后,汪九打开"纸包",蘸着口水,一连点了三遍,确认是两千块时,先点出三百块,准备还西巷剃头的驼五。还是儿子、儿媳妇丧事上借人家的钱,好长时间了,再不还,实在说不过去;随后,又握着几张大票子,去街口三华家小卖店里,付齐拖欠已久的油盐酱醋钱。还剩下千把块钱,汪九盘算去集上买头大犍牛来,给村里人家耕地,挣下钱以后,再抚养孙子、孙女读书。

汪九是把耕地的好手。大集体时,他就是生产队的牛把式。可汪九去

三华家还过钱回到家时,只见村里会计拴柱子正抱着账本站在石磨跟前等他。当时,汪九的头"嗡"地一下就大了!他知道拴柱子是来要村里"提留款"的。

果然,汪九还没走到石磨前,栓柱子掏出一个香烟盒大的计算器,"嘀嘀嗒嗒"地按起来。等拴柱子点走了"提留款",剩下的余款,显然是不够买牛的了。但,汪九买来几只小山羊放在后山坡上。原打算母羊下了小羊,继续喂到后秋,也是一笔不小的收入。到那时,再送孩子上学堂。

没想到,几只小羊放在后山坡上,没过几天死了一只。后来,小羊快长成大羊时,曹支书家二闺女出嫁办酒席,汪九为讨好曹支书,主动挑了一只个头最大的羊,给曹支书家送去;紧接着,村里搞计划生育学习班、民兵训练班时,村干部来弄去两只喝了羊肉汤。

最后,还剩下一只正怀着羊崽的小母羊,汪九怕村里再搞其他"活动",不敢再留了,牵到集上卖了。所得的钱,除了还三华家小店的油盐钱,又买了几只大耳朵兔子喂在院子里,可喂着喂着,不知怎么,全都得了瘟疫,死了。

这一年,汪九的孙子、孙女没能进学堂。

年底,曹支书担心县科委的何主任来"回访",指派村会计拴柱子搞来两张"三好学生"证书,让汪九贴到自家的正面墙上。其实,那时间,汪九家的孙子、孙女早已经辍学了。


## 合唱

连山乡,因境内有两座相连的山峰而得名。

山上,常年驻守着雷达兵。

天气晴好时,隐隐约约地能够看到一个篱笆墙似的银灰色的大"锅盔",在蓝天白云之间缓慢而有规律地转动。但,更多的时候,山峰及坐落在山峰之巅的那个大"锅盔",被缥缈的云雾给锁住了。山很高,山上常年云盘雾绕。

远城的游客，以及山脚下的少男少女们，常以游玩、观赏风景，攀至山顶。并以转动的雷达或以绿色的营房为背景，拍下一张张置身于蓝天白云间的风景照，带回去作"到此一游"来欣赏。

远城的报纸、电视，每年也都报道几回，地方民政部门，或团委、妇联，组织青年团员，上山慰问雷达兵，或是给雷达官兵们送书籍、洗被褥的消息。

小林到连山任乡长的那年春节，乡里的民政助理吴家成跟他汇报上山慰问雷达兵的有关事宜时，小林乡长兴致很高，当即表态，说："好，到时候只要我有时间，跟你一起到山上去看看。"

小林乡长说"去看看"，一半是公务在身，一半是出于好奇！他到连山任乡长半年多了，可能还没有真正爬过境内的这座山。

山上的官兵，得知山下新来的乡长要上山慰问，群情振奋，昼夜编排文艺节目，准备以汇报演出的形式，欢迎新来的乡长上山来看望他们。

不巧，真到了上山的日子，大雪封了山道。原本可以让吉普车送一程的，只能徒步而行了。

山上的官兵，电话中得知小林乡长已经上山的确切消息，如同接到"一级战备"的命令，全副武装，列队欢迎。

雪山中跋涉了三个多小时的小林乡长，远远地看到白雪皑皑的绿色营房里，打出了大红标语，映衬在白雪和绿色营房间，很是好看。近了，才看清楚，那些大红的条幅，都是欢迎他小林乡长的。

一时间，小林乡长有些受宠若惊！他没有想到，在这与世隔绝的大山顶上，官兵们还会弄出如此热烈的场面。尤其是看到官兵们拉开场子，要为他小林乡长献上一台文艺节目时，小林乡长更是始料未及。

第一个节目，是官兵们自编自演的说唱歌舞，大概的意思是，军民一家亲，热烈欢迎小林乡长上山来。在这个节目中间，穿插了小林乡长给他们递"红包"的一个慰问场面。

那是民政助理吴家成专门安排的，他在小林乡长上台递"红包"的时

海边有座
红房子

候，举起相机，"咔嚓咔嚓"地抓拍了五六张照片。接下来是快板书。再接下来，是男声独唱，男声小合唱。但，不管是什么节目，一概没有乐队，没有灯光，没有婀娜多姿的姑娘们伴舞，没有徐徐敞开或合上的大幕。舞台上，唯一的乐器设备，就是一台双卡的录放机。所谓的舞台，也就是营房前面扫清积雪后的一小块空地儿。

小林乡长和山上的最高长官——"一杠一星"的刘站长，并排坐在前面，总共不足一个班的雷达兵们，既是演员，又是观众。他们演出时，就到前面去表演，不演出时，就昂首挺胸端坐在小林乡长和刘站长背后。前后演了七八个节目，战士们个个精神抖擞，斗志昂扬，连续登台表演的战士，满脸都流下了汗水。

最后一个节目是男声大合唱《咱当兵的人》。音乐响起时，坐在小林乡长旁边的刘站长也加入到演唱当中。顷刻间，洪亮而雄壮的歌声，响彻蓝天白云间，回荡在空旷而宁静的山巅，萦绕在白雪皑皑、银装素裹的山谷。战士们粗犷而奔放的歌喉，尽管有些走调，可他们唱得铿铿有力，铮铮铁骨，个个脸上青筋暴跳，且有大滴大滴的汗水，顺额而下。

小林乡长被战士们动情的演唱所感染，情不自禁地也跟着唱起来。一曲歌罢，台上齐刷刷地打起立正，个个都笔挺笔挺地行起军礼。

台下，"叭叭叭"地响起一个音调——孤寂的掌声。旁边的民政助理吴家成仍在"咔嚓咔嚓"地抓拍着。直到这时，小林乡长才意识到，整台节目，只有他一个人是观众。

那一刻，小林乡长的掌声，戛然而止！他木木地走上台，与官兵们一一握手时，情不自禁地盈满了两眼泪花。